主编 凌翔   当代著名作家美文自选集

封存的影子

冯东 著

民主与建设出版社
·北京·

© 民主与建设出版社，2020

图书在版编目(CIP)数据

封存的影子/冯东著.—北京：民主与建设出版社，2019.12
ISBN 978-7-5139-2879-3

Ⅰ.①封… Ⅱ.①冯… Ⅲ.①散文集—中国—当代 Ⅳ.①I267

中国版本图书馆 CIP 数据核字（2020）第 018174 号

封存的影子
FENGCUN DE YINGZI

著　　者	冯东
责任编辑	周佩芳
封面设计	陈姝
出版发行	民主与建设出版社有限责任公司
电　　话	（010）59417747　59419778
社　　址	北京市海淀区西三环中路 10 号望海楼 E 座 7 层
邮　　编	100142
印　　刷	唐山楠萍印务有限公司
版　　次	2020 年 7 月第 1 版
印　　次	2020 年 7 月第 1 次印刷
开　　本	710 毫米 × 1000 毫米　1/16
印　　张	13
字　　数	200 千字
书　　号	ISBN 978-7-5139-2879-3
定　　价	49.80 元

注：如有印、装质量问题，请与出版社联系。

目 录

第一辑　有一种工作叫坚强

封存的影子　002
有一种工作叫坚强　005
父亲是故乡的一棵树　009
父亲的手，爱悠悠　012
父亲的人生哲学　015
我欠父亲一个深深的拥抱　017
向亲近土地的父亲敬礼　020
小书包装满了母亲的爱　023
穿着千层底走天下　026
母亲的半条命=儿子的学杂费　029
胎记拴着老娘的牵挂　033
有一种爱叫千层底　036
母亲的手擀面让我难忘　039

农谚是土地的春暖花开　043
把爷爷的影子找回来　046
蒲墩的味道　050
外公是个"倔当家的"　052
外公当年轶事　055
真想送姥娘一双大脚　058

荠菜住在春天里　061
我的大爷是行走的老牛　063
我家小女初长成　066

第二辑　记忆是抹不掉的

记忆是抹不掉的　072
坐在父亲自行车上赶年集　076
年味浓浓置年货　079
雪人是丰碑　082
畅想回家　085
母爱无私　087
为人厚道，天地宽广　089
照片里的温暖　091
风景就在身边　093
一碗八仙粉的温情　095
讲故事的老奶奶　099
老牛，我想送你几句诗　102
那年，伯伯在农村挖井　106
童年的秘密已成追忆　110
乡间的上学小路　112
哑娘的心口没有疼　115

野菜也是人间美滋味　　118
只有把群众当亲人，才能嗅到泥土的芬芳　　121
童年的游戏有点甜　　124
打捞与花生相关的记忆之花　　127
跟着周大爷去听戏　　130

第三辑　我同千年阿胶的约会

留念夏日情思　　134
我同千年阿胶的约会　　137
心中沸腾着的向阳红　　142
冰心先生的父亲为她撑起一片蓝天　　145
冬日"亲"泉　　148
野菜在等待谁　　152
千层底，万重爱　　155
幸福就在这里　　157
第一件好事还是读书　　160
美食"呱嗒"哒哒响　　162
深夜一盏灯　　166
闲言碎语说说牛　　169
耳朵，耳朵　　172
乡愁，你到底藏在哪里？　　174

张弼士留给烟台不仅仅是葡萄酒　177
大哥，你好！　179
狗通人性，我深信不疑　182
千年慨歌陆放翁　186
听一听花生的心跳　189
他是"人间一个最稀有的天才"　192
从周总理的家书里读懂人生　196
红色基因的力量　199

第一辑 有一种工作叫坚强

有人说，记忆就是一个模糊的影子，最美的记忆莫过于把影子捡起来，轻轻地揉碎了，把它珍藏在罐子封存。是的，我有同感，那不是幸福偷偷地来敲门吗？

封存的影子

有人说，记忆就是一个模糊的影子，最美的记忆莫过于把影子捡起来，轻轻地揉碎了，把它珍藏在罐子封存。是的，我有同感，那不是幸福偷偷地来敲门吗？

阳光暖暖地照着，万物懒洋洋地舒筋活骨。展开手中淡蓝色的棉花被，我轻挂到后院的粗绳上。空气中弥漫着被子恬美的气息，涌入我的心头，便汇成爱的记忆……

草长莺飞的四月，外婆带我回乡下老家。那里有我童年的脚印，有甜蜜的回忆。孩提时疯玩乱跑的碎片，如落英缤纷。那一丛丛一簇簇新绿点缀着房前屋后，棉花地中也萌生出浅绿色的嫩苗，像婴儿娇嫩的手掌，煞是惹人喜爱。我期盼着棉花这些小生命快快成长，正如外婆指望着我扶她去看夕阳，那何时才能等到诗句中的"五月棉花秀"呢？

慈爱的外婆手指着棉花地的嫩苗，答应秋后收了棉花便为我缝一床新被子。然而年少的我，心早已开了小差，被那穿梭于花间的蝴蝶深深吸引，蹦蹦跳跳地追赶着，穿梭在繁花嫩叶中，乐此不疲……

那是一个收获的季节，是我最欢喜的时光。一辈子都在受苦的外婆，呆不惯城里，她总是惦记着老家的棉花。丰盈的果实挂满枝头，田野里此一处浅黄，彼一处金灿，外婆带着我又回了老家，农忙的味道蔓延到家家户户。褐绿色的棉树在柔和的阳光下缓缓绽出含苞待放的棉桃，仿佛唤醒了一个个纯洁的孩子，踏着秋风轻盈的步履，依偎在一起，说着、笑着……

我坐在外婆身边，调皮地问："阿婆，棉花能用来做棉花糖吃吗？"

"傻小子，这棉花可是用来给你做棉花被的！"外婆笑呵呵地回答道，脸上细密的皱纹一瞬间便融化了。

我逃脱外婆的视线，跑着和小伙伴去丢沙包了！她提着竹篮向棉花地走去，瘦弱的身影逐渐模糊，一高一低地留下长长的影子，画成了一幅夕阳老人图。

清秋的午后，有虫声从院角的黄菊丛内传来，时停时续。外婆坐在摇晃的小凳上，阳光染了她的笑容，恬静美好。戴着老花镜的她，将筛选好的棉絮放到身旁，忙活起来。只见她一手拿着针，一手拿着线，时不时地在花白的头发上划一下，好似天空中一道彩虹，对准阳光娴熟地将线穿过针。这根线在她手中像施了魔法一般，左几针，右几针，便勾勒出美丽的线条。然后，她将洁白的棉絮平铺到被面上，霎时，刚刚还是淡蓝色的被面就笼上了一层薄薄的雪。瘦弱的手臂上，还残留着丝丝残棉，微风吹过，便化作爱的羽翼，落入我的心中。

针在棉被上下翻飞，来回盘转，洁白如玉的棉絮被一片浅蓝的世界紧紧包住。我迫不及待地扑倒在棉被上，蓝色的花纹映衬着欢乐的笑脸，顷刻间，是分明的舒适与温暖……我撒着欢地在棉被上打着滚，像一只调皮的猴子，"阿婆，真好！""只要你喜欢就好！就好！"我分明看到她的泪花！咋的，她为啥哭啦？

如今，我还常会漫步在棉花地中，只是身边早已没有了外婆。"阿婆，娃娃好想您！"遥望天际，展现给我的是广远的苍穹。

天边浮云朵朵，如同外婆给我做的棉被。我常想，有没有一朵浮云代表着外婆，正默默看着我？

此时此刻，我正嗅着棉被上的味道，清新淡雅。它只留着载也载不动外婆的爱，还有我对外婆的追忆！

有一种工作叫坚强

当畅游互联网成为时代新潮之时,当互发短信沟通有无成为时尚之刻,你是否忽视了情感交流的另一种方式,传递家书呢?"烽火连三月,家书抵万金。"古时的游子对家人的思念,是让鸿雁捎去思乡之情,念亲之意。"君自故乡来,应知故乡事。"在他乡异地见到同乡之人,有一种特殊的亲切;提及家乡之事,亦是分外激动。睹物思人,家乡的父母平安否!那封爱子情深的特别的家书,久违了!那篇寄托着父亲对我深沉之爱的蝇头小字,久违了!

望着滚滚如潮的走进高考考场的莘莘学子,我驻足观望,寻觅过去经常发生的动人场景。考场外,一位消瘦的父亲为儿子擦去额头上的汗珠,叮嘱道:"孩子,别紧张,爸爸永远支持你,你会成功的,你会替全家人取得荣耀的!"这一幕令我难以忘却。几年前的今天,我也曾经是挤高考独木桥的学子,我的父亲如同那位家长一样也有对儿子特别的爱。只是爱的方式不同而已,但爱的真谛永远定格在那封家书上!

父亲年轻时当过兵,有过从军的生活经历,因而我是听着父亲的军营故事长大的。在我的心里，虽不够强壮但内心坚强的父亲是个大英雄，是个扛过枪能打仗的男子汉。长大了，父亲的形象却在自己的心里不再高，而是变矮了，总认为父亲是个大老粗，啥也不懂，没本事挣大钱。现在想来，那时候自己真的太幼稚，幼稚得让现在的我认为，那简直是荒唐无知，这就是对成长付出的代价吧。

上高中的时候，父母所在的单位破产倒闭，无奈之下，父母双双下岗。全家人的生活没有了着落，这可急坏了家中的顶梁柱父亲。下岗那天晚上，家里没有欢声笑语，母亲不停地把菜往我和弟弟碗里夹。父亲拼命地抽烟，一根接着一根，咳嗽不停，彻夜未眠。结果第二天早晨地面上满是烟头。噢，那一夜，漫长。那一夜，难熬。父亲似乎苍老了很多，毕竟是人生重大打击，重要转折，放到谁身上都是倒霉透顶之事。父母的单位——国有企业水泥厂因不适应市场经济的变化，经营不善，倒闭破产。父母都已过不惑之年，正是多事之秋，"屋漏偏逢阴雨天"，又赶上下岗失业，母亲一时难以接受这一残酷的现实："失业没工作，那日子咋过啊，还咋活啊？"父亲劝慰道："事已如此，也不必难过，好在天无绝人之路，路是人走出来的，咱赶集贩卖小百货也要供两个孩子读书！"

一夜愁白头。我从父亲的身上明白了那句话是真的。父亲怎么可能服输呢？他常说："我就是家里的天，天塌下来，我顶着！"他从低谷中走出来，找到了一条救全家的路，做起了赶集摆摊出售小百货的小生意。从昔日光荣的国企老大哥变成了从事小本买卖的小商贩，这巨大的落差，让父亲承受了巨大的痛苦。父亲默默地支撑着这个几乎要塌了的家，咬紧牙关往前走，不想让孩子们牵扯过多的精力，不想让我替他们担心，主要是害怕耽误我的学业。现在，我终于明白那天他抽烟特别猛烈的原因了。

他决心从头再来，不惧怕任何困难。正如我遇到难事畏惧发愁时，他开导我:"没有翻不过去的火焰山,没有挤不过去的独木桥。孩子,要坚强,因为你是个男子汉!"父母就这样,风里来,雨里去,骑着破自行车,驮着二百多斤的货,到几十里远的集市上摆摊。早晨鸡鸣即起,中午顶着烈日,晚上披着星辰,漆黑收摊回家。为了节省两三块钱,他们啃烧饼,喝自带的茶水。每次赶路,都要翻越一个长达两里的高坡,二百多斤的货,车子根本蹬不上去,只能推着车子走。走一段,停一会,再走一会,再停一下,走走歇歇,慢慢前行,大汗珠子啪嗒啪嗒落下来。上坡不易,下坡更难。有一次,货箱子没有捆紧,走着走着,货箱子骨碌骨碌滚下来,掉到山下,好在人没有事。父母捡回货箱子,看着摔坏的货,眼圈红红的。为了我上学,为了全家人的生计,父母披星戴月,奔波在外。

远在县城读书的我,在学校里无忧无虑,只耐心等待着高考的到来,很难想象父母承受的苦,遭受的罪,很难想象父母的劳累和心酸。一天,同学递给我一封没有署名的信,我诧异地撕开信。信这样写道:"儿子,我是一个不称职的父亲,没能让你同城里的孩子一样享受好一点的生活条件,不能很好地让你在紧张的高考前补补身体。我和你妈那代人,没有赶上好机会,上学恰逢文革,现在又下岗失业。你只管安心复习,家里一切都好。你要珍惜时光,把握机遇。爸爸妈妈永远支持你!"父亲的信虽短,但字字千钧。在不知不觉之中,我的视线模糊了,泪水再也抑制不住。那天晚上,我在操场上狂奔,使劲奔跑,以此来惩罚自己的清高和自狂。

以前,我怀疑父亲的不坚强,不能挣大钱,我错怪父亲了。我是个不懂事的孩子,不能理解父亲的良苦用心。原来,生活的路,不是选出来的,不是想出来的,而是走出来的,而是闯出来的。好生活,好日子,不一定是有钱有房子,而是全家人幸福快乐的在一起。正是那封家书使我猛地惊醒,让我明白父亲依然伟岸,还是如此的高大。我对父亲人格的怀疑使自己越走越远。真的，要感谢这封家书。沉默的父亲一直在挑起全家的担子，撑起全家的天。把难处自己咽下去的父亲，没有跟我说过他心中的苦，更不计较我的无知和不孝。只言片语的家书，句句都是父亲的艰辛血泪，懊悔有愧，自责内疚；句句都是父亲的爱子深情，祝福祝愿，舐犊情深。平时我们父子交流较少，一封家书寄予了父亲对我深沉的爱。不是父亲应该自责，而是我应该面对神圣的父爱进行深深的忏悔！我怀疑父亲的不坚强，我错了。其实父亲还是如此的坚如磐石，志如钢铁。

　　父亲是我生命中坚不可摧的长城，父亲是我拼搏进取的力量源泉。我明白了何谓"为有源头活水来"的道理。我大学毕业后进入政府机关，从学校走进社会。这时，我才明白有一种工作叫责任，有一种工作叫坚强。用这篇文章代替一封家书，来表达我对父亲的感激之情！

父亲是故乡的一棵树

故乡,一个亲切的名字,呼唤着她,正如娘亲叫着我的乳名。故乡的山,故乡的水,我说也说不完,我唱也唱不完。故乡的大树很多,但是我唯一难以割舍的是父亲,父亲就是故乡的一棵树。我是大树的种子,漂泊在外,四海为家,但离大树再远,种子还需要大树的营养和滋润。

我在不经意中发现自己长大了,正如一不小心才注意到天是蓝的。岁月就是在不经意间匆匆流逝的。当发现自己长大了,才开始寻觅成长的足迹,才把记忆的花朵盛开在天真无邪的童年。

童年犹如雨后春笋,清新妩媚喜煞人;童年犹如一串风铃,浪漫愉悦是她的音符。我漫步在记忆的画廊里,这里有爬山捉蝎子的精雕细刻,有放火烧枯草的白描,也有"溪头卧剥莲蓬"的写真。池塘便是我的小天地,如浪里白条游戏于水中,与鱼虾同嬉戏!调皮贪玩,任性而为是童年形象的代名词。

小孩子素来对一切事物都充满好奇,喜欢探索自然的秘密,幻想变成太空人畅游宇宙,追问老师"公鸡为什么不能飞上天……"模仿着大人的言谈举止，憧憬着成为像父亲一样的男子汉。当看到大人手持香烟，眼睛溜溜直转，渴望成为一个"大人"的念头油然而生。小小的心里便播下了"灾难"的种子，"抽烟便是男子汉"，这一"神圣的理想"在心里扎根发芽了。

于是，向世界宣布自己是一个真正男子汉的计划，悄悄的酝酿。因为无比惧怕父亲的威严，所以在菜园子里的大树下常常聚集着一群孩子，领头的便是自称"大人"的我。我们在密谋加入"大人"的队伍，让家长们知道一个不争的事实——"我们是男子汉"。因此，瓜藤当作"烟"，比赛抽烟成为我们的小把戏。我们渐渐地就有了抽真香烟的尝试。纸包不住火。尽管偷拿香烟的成功机率很低，但小伙伴还是努力尝试着。

在一次集体过瘾的时候，我们被一个真正的大人发现了。当然，我们的"阴谋"暴露了。小伙伴都受到了严厉的惩罚。平生第一次紧张，一直在哆嗦还强作镇定，手紧紧地抓住衣角，脚不停地撮地面。

父亲严厉地问："从哪弄的烟？"我支支吾吾地说："别人……给的……"我企图通过撒谎来躲过这次劫难。当父亲抽出军用腰带的时候，我才意识到谎言的破产。

这根军用腰带是他的宝贝。父亲当兵的时候，异常勇敢无畏。部队搞军事演习，他和战友在山崖里跋涉前进，正是这根牛皮腰带救了他的战友——被树枝绊倒几乎要滑下山崖的战友。

"臭小子，我看你还敢撒谎，还敢抽烟……不诚实……"腰带打在我屁股的刹那，我才清醒地意识到我是一个"臭小子"，并不是一个男子汉；我是一个说谎话的孩子，而不是一个诚实的好男儿。就这样，初次成为"男子汉"的计划在半路上夭折了，这便是对我最好的教育。父亲的腰带教育了我。

正是由于他的严厉，我才明白了什么是诚实，什么是讲信用。父亲的严厉，才使我如一只不知方向的烈驹找到了路标，如迷路的羔羊寻觅到了正确的归途；使我知道了"做事先做人，做人诚为先"的古训。

每年春节过后，父亲都带我回老家祭祖。给祖坟添土，他在用特殊的方式"赎罪"，远离故土，他总有一种久违的负罪感。原来，父亲年轻时曾向祖父发过誓言，要让家人过上好日子。但是爷爷、奶奶没有享几年福就过世了，尽管父亲工作勤恳，极为孝顺，但他总流露出食言的痛苦。

此时，我在不经意间发现他又增了几根白发，才猛然发现：父亲苍老了，我长大了。父亲确实苍老了，过去能当摇篮的臂膀，早已弯曲了；昔日挺拔的脊梁，现在失去了过去的魁梧，那是岁月无情的见证，那是我这个不争气的孩子给父亲压的！

父亲常常对我说："好日子是苦日子熬出来的。"父亲小时候很苦，总是挨饿，吃棒子面窝窝、野菜窝头，他兄弟姊妹又多，一家人在吃饱与吃不饱的边缘线上挣扎；上学的时候，又恰逢文化大革命，文革耽误了一代人的青春，原本能学知识的阶段，却整日游行，搞阶级批斗。为了能走出穷村庄，父亲当了兵，见了大世面，能吃饱了，彻底改变了他的命运。复员转业到了国营企业，成了光荣的工人。当了十几年的工人，所在企业又破产倒闭，下岗失业。为了我的学业，为了全家人的生计，父亲几乎一夜愁白头。他找到了一条救全家人的路子，做起了赶集摆摊出售小百货的小本生意。从昔日光荣的国企工人变成了从事第三产业的小商贩。父亲咬紧牙关往前走，自己承受着巨大的痛苦。如今，我大学毕业，找到一份比较稳定的工作，圆了父亲当年的梦想，实现了他童年的夙愿。现在，我终于明白：一撇是诚实，一捺是信义，两者结合组成了大写的"人"。

呦，那故乡的一棵大树，那故乡的父亲……故乡的父亲就是一棵大树！

父亲的手，爱悠悠

我觉得，白居易的"感人心者，莫先乎情"，最耐人咀嚼，最令人感怀。

网上曾疯传一张照片，一个故事。国庆假期，景区可谓人山人海，热闹非凡。一位中年男子手牵他的父亲，慢慢走在古道上，时而相对而言，时而四处张望……那位父亲头戴着一顶灰蓝色的帽子，上衣再普通不过，明显大了些的衣服更加衬出他的消瘦，后衣摆卷了起来，竖条纹的西服裤有些褶皱，那双手更令人担忧，粗糙、冰凉、僵硬……陪着父亲逛一逛，挽着父亲的手看一看，握紧父亲的手向前走。这是多么感人肺腑的画面！事实上，老实巴交的农民也是伟大的。我宁愿用《伟大的儿子紧握伟大父亲的手》来命名这个画卷！

这让我想起了，我那亲爱的父亲，父亲的那双手。

亲爱的父亲，其实我从来没有说出口。不知怎的，面对父亲，欲言又止，心中有很多话要说，可话到嘴边又忸怩起来。哎，嘴巴很笨！

虽工作之地与故乡故土相隔几百里，我时常遥望故乡"不须辛苦慕功名"的父亲大人,"几度乘风问起居",吃得可好,睡得安稳否,心情好不好,万爱千恩百苦,疼我孰知父母?

父亲的手粗壮、有力,能毫不费力地打夯、种地、垒屋。他的这双手,还能灵巧、精确地画出汽车电路图纸、汽车零件图纸。我最难忘的是,每当这双手拍着我的肩膀,就感到一股特殊的温暖。我认为,他的这双手几乎无所不能,能干一切活儿。

父亲的那双手,从未使他失望过。

父亲在部队学的是汽车电路,可并没有学过汽车维修。他从部队转业到水泥厂汽车队工作之后,经常对着变速箱、车架、方向机、减震器、前后传动轴和制动系总成琢磨半天,对着汽车维修图纸、机器说明书揣摩良久。不是探究机器工作原理,就是推敲维修技巧。

真不知道父亲多少次熬夜钻研,向老师傅讨教本领,同司机师傅一起商量对策。最后,他自学成才,练就了火眼金睛,听听发动机的声音,就知道"老黄河""老解放""老吉普"的病征在哪里。

只见父亲在某处画了个圈,让徒弟按图索骥,重点查找,最后"药到病除",找到汽车故障的源头。

徒弟不解,丈二和尚摸不着头脑,打破砂锅问到底,您咋知道坏在那里,还往车上拍了几下?

父亲笑呵呵地说,手上练得多,眼里看得多,心里记得多。

原来如此,原来如此。徒弟如获至宝。

父亲脑子里可以想象出汽车机器的关键部位的条条管道,手指可以在图纸上找出一条条线路,每个零件的功能、用途和工作原理。

有一次,司机高叔叔正坐在车里准备起程送水泥,却发现发动机无法正常启动。这是令人十分懊恼的事。几个老师傅检修了大半天,也没有找到原因。急着团团转的车队队长安排父亲处理这件棘手的事情。父亲检查分电器、火花塞、高压线等是否因为汽车淋雨等受潮,检查火花塞是否损坏，检查蓄电池电压是否足够，是不是发电机有问题，换挡时发动机熄火没有……父亲的手，沾满油渍，钻到车底，对汽车一阵子望闻问切。时间一分一秒的过去，父亲的汗珠滚落下来。最终他排除险情，找到故障，更换零件，为汽车医好了病。

父亲的手，几根明显的青筋在手背上凸起，掌面的纹络很深，充满着力量。

常年工作在汽油、机油、机器零部件油渍的环境里，父亲双手干涸得像野地里裂开的硬土。整日粗糙的工作填满了他的日子，双手沾满浓浓的油渍味，宽大的手指在操劳中变形。

父亲长满硬茧且裂痕遍布的手掌，还算宽厚，手指又短又粗，指尖总是起着皱褶，裂着口，配着又黑又短的指甲，让人看后便深深刺痛。父亲这样的一双手，却像变魔术一样陆陆续续地攒出我的学费、我的住宿费、我的伙食费，捧着我走上读书上进的路。

没有他的这双手，谁会牵着我学会走路？没有他的这双手，谁会把我高高举起"开飞机"，把握我的方向？没有他的这双手，谁会搂我在温暖的怀里撒娇，让我倍感快乐与温馨？

岁月在父亲的双手上嵌上了皱纹，韶华在父亲的双手上刻上痕迹。

父亲的双手摊开，播种一块厚实的土地，那一粒萌动的种子是我。

父亲的双手举起，拨开一片晴朗的天空，那一只幸福的小鸟是我。

父亲的双手背起，攀爬一座弯曲的山梁，那一串沉重的思念是我。

现在，父亲真的老了。牵着父亲满是皱纹而粗糙的手，我的心有一种酸楚的感觉。

父亲的爱，在心底埋藏，在心底储蓄，从手指传递。

而我对父亲的爱，到底在哪里啊？

父亲的人生哲学

父亲喜欢侍弄他心爱的菜地。他骨子里爱劳动，不闲着。

正月里，父亲就把鸡粪、羊粪、兔子粪，早早地捂好，让有机肥充分发酵。播种的时候，肥料早已发酵好了。菜长一段时间，就需要追肥了。父亲把鸡粪、羊粪、兔子粪撒到菜地，让青菜吸收大地的营养。

人勤春早，春色怡人，几分菜地，精心经营。父亲在每年开春，早早地翻地松土，把地块调理得松软平整，种下菠菜、油菜。

为了保护青菜，父亲在地里铺了地膜，用木棍、砖块压住地膜的边边角角。没几天，菜芽儿就破土了，弯着身子挤在地膜下，很调皮的样子。

天一亮，父亲就提着水桶往菜地里浇水，或拿着水瓢往菜上洒水。他把水管子从自来水龙头接到菜地里，这边龙头一拧，哗啦啦，那边的青菜可劲地喝水，咕噜噜。小青菜、小油菜、小白菜……看着都让人心里欢喜。

父亲在菜地劳作，极其上心，好似同季节打了招呼，韭菜、菠菜、黄瓜、西红柿、豆角、茄子等时令新鲜蔬菜，走进我家的地窖、厨房、餐桌。在他精心料理下，菜地里总是一片嫩绿，一片清鲜。当他的同事看到生机勃勃的蔬菜，无不感慨父亲的能干。

菜地诱人的翠绿，引来无数"打家劫舍者"。特别是在蔬菜开花之时，菜地里芳香四溢，蝴蝶、蜜蜂挡也挡不住，寻香而至。蜜蜂嗡嗡嗡地忙着采蜜，粉蝶在花丛中翩翩起舞，满园的春色便热闹了起来。我们几个顽皮的孩子也不甘寂寞，捉蝴蝶，拍蜻蜓。此时此刻，菜地便没有了孤独，立刻变得鲜活生动、意趣盎然。

芝麻粒小的菜园，父亲在这里有一片天地。父亲喜欢蹲在菜地边上看，像是在等着自己的孩子往大里长一样。看，黄瓜顶着嫩花，长满茸刺，披上一层金黄，东一条西一条地垂着；番茄把枝头压弯，红红的，炸裂开来，露出酱红的果肉。顽皮的鸟雀也会过来凑热闹，欢喜地落到菜地里，专拣大的，熟透的西红柿啄。这是收获的时节，这是收获的世界。父亲的心里美滋滋的，像土地里刨食的蚯蚓吐着泥浆。

秋天的豆角已经发白，我知道这已经不能炒菜吃了，这是父亲特意留作种子使用的。虽然它长出一脸的皱纹，有时丑的也是美的，丑的蜕变不是在孕育美的诞生吗？

父亲说，麦子，拔节，吐穗，灌浆，饱满，结穗；青菜，发芽，长叶，开花，结果；人，小孩，青年，壮年，老人……生命都是一样的，四季轮回，周而复始，新陈代谢。人活着最大的价值是什么？是劳动，是付出。你不播种，你不耕作，就不会有收获，就不会有幸福。

现在，回过头再想想他的话，话糙理不糙。这是他种菜得到的哲理呢？还是他从生活中感知的人生况味呢？

亲近土地，流汗劳动，才是父亲认定的最快活的生活，才是父亲最高尚的生命哲学。

我欠父亲一个深深的拥抱

　　自从我记事起，我对父亲一直有一种天生的畏惧。

　　严父慈母，在中国人骨子里很深厚。老实说，看父亲当兵的照片，很帅气，很英俊。

　　现在的父亲，日益苍老的脸，有点佝偻的背，岁月风雨的无情让他更加消瘦。岁月像一把锋利的刀，无情地在他额头刻下一道道沧桑。

　　岁月的流逝，能使皮肤逐渐布满道道皱纹。日子就这样在不经意间从身边划过。在每一个匆忙的身影背后，父亲关爱的目光越来越远，熟悉的话语渐行渐远。在你身心疲惫之时，还是驻足下来，读一读父亲的人生故事，关于他的亲情故事，你会有感动的心跳吗？

　　父亲是座山，为孩子挺起脊梁，不论你是不是服他。

　　父亲是条河，为孩子洗涤污垢，不论你是不是懂他。

　　这是当了父亲以后才悟得的道理。以前为什么都不怎的明白啊？

　　上小学五年级时，我特别痴迷下军棋。每天晚上草草做完作业，就偷偷跑到煤场门岗室同李叔一起下军棋。军师旅团营连排带工兵，作战模拟，战场厮杀，兵来将挡水来土掩，过瘾得很！当被李叔杀得片甲不留，带着失败的情绪，怏怏不乐回到了家。每次都是十点多，蹑手蹑脚，钻到被窝里，暗暗发誓明天再战，一定要雪耻。

不知不觉中，我的学习成绩直线下降。父亲平日里不说，他想给我一个痛改前非的机会。然而，我却我行我素，根本不把学习当回事。那天晚上，家里的灯光一直亮着。这回不是铩羽而归，而是凯旋而归。正在兴头上的我，不知道一场大祸临头。父亲见到我，正铁着一张脸，剑眉集中，怒视着我，扔来一句话："干什么去了？""玩去了……"我怯怯地回答道。"下棋去了吧。玩棋不要紧，耽误学习不行！"我想隐瞒我的事，撒谎说："我……没……下棋……"当他厚重的大手甩到我的屁股上时，我终于明白说谎话的严重性和后果了！

其实，父亲早已对我的行踪了如指掌。他跟踪过我，不，应该说是暗中保护我，看看我到底去哪里了，去干什么，深夜回家安不安全……犯了错被挨打，母亲是不会帮我的。

小孩子被打，很会记仇，包括对自己的父亲记仇。因为，他不理解父亲，读不懂父亲。

我这个无法无天的孙猴子，总也逃不出父亲的那双手，布满老茧，手掌厚且大，指头极粗，砖一样厚重。我做梦都想逃离，更想逃离家。但都是想想而已，我没有离开的勇气，更没有实力！

后来，我长大了。父亲宽大的手掌，不再落在我的身上。惹他生气后，他多半气得直唉声叹气，手抬起又放下，拂袖而去，从嘴里挤出"不争气的东西"。

父亲偶尔也轻轻地抚摸我的头，拍拍我的肩膀，"长大了，要懂事，要争气！"那眼神复杂，不知包含了多少期待，也许还有失望。

半大小子吃穷老子。当我感觉自己成为男人的时候，下意识会反抗父亲的一切，处处想与他对着干。他要我向东，我偏向西，尽管向东是对的，很多是为了我好的。我明知却要较劲不按他的办。他叫我打狗，我偏骂鸡，我要自己拿主意作决定，叛逆式的大逃亡，不为别的，为了和他平等，当一回真男人！

只有当了父亲的男人才是真男人。

现在，我才明白了父亲才是真男人，才找到了真正的答案。

童年，被父亲那双偌大的手握住时的幸福，被父亲抱在怀里的感觉真好，暖暖的。

温润的春，躁动的夏，萧瑟的秋，冰寒的冬，父亲牵着我的手，走过一年又一年。

父亲的手，没有光滑而润泽的皮肤。岁月的风霜雨雪，在父亲的手上留下了一道道沟壑，干燥粗糙，就像松树皮。家里的拖把、扫帚，不用买，都是父亲自己做的，家里的灯具、摩托车、家用电器一坏，从来不请修理工，都是父亲亲自上阵，几下就搞定。

其实，父亲的手很暖心，很细腻。我小的时候，睡觉时总要蹬被子翻身子，他总会用他那温暖的手为我掖紧被子。严冬的清晨，风呼呼地刮。我冻得直打哆嗦，露在外面的手和脸，好像被刀割一样。父亲为我挡风，一手提着沉甸甸的书包，一手把我冰冷的小手握在他那宽大的手掌里，严严实实。我的心里热乎乎的。

温暖的大手，炙热的感觉，一直温暖着我前方的路。一点一滴的幸福，留存于父亲的手指尖，一丝一缕的温情，流淌入我的心田。

现在当了父亲的我，每当回到老家看望父亲，开始习惯握住父亲的手，重温童年被那双手温暖时的感动，聆听从指尖传到心尖的心跳。

现在想想，我欠父亲的太多太多。

儿子是上辈子欠父亲的债。

父亲，我欠您一个深深的拥抱……

向亲近土地的父亲敬礼

父亲常说,农村生他养他,农村是他的根、他的魂,无论走到何方,也离不开那片土地。他尽管当兵出来了,进工厂上班了,退休在县城了,他还是忘不了老家的泥土、老家的土地。

父亲工作的地方是一个面积不小的停车场。我们的家就在停车场内的一个角落。停车场有闲置的荒地,父亲和几个同事便开起了荒,扛着锄头,拿起铁锹,挑起簸箕,把瓦砾、石头拣出来,从山坡上拉来老土,费了九牛二虎之力翻出新土,掺入大量的有机肥料,像操心自家孩子一样,操持那块荒地。就这样,荒地有了模样,我称为凤凰涅槃,蜕变成了菜地。父亲有自己的理论:种菜——家里就不用花钱买菜,种菜——荒地就变成了好地,种菜——为家里省钱贴补家用,工作之余找点事做。

菜地是父亲的得意之作,"沙场秋点兵",他把菜地当作战场,自己是司令,也是工兵。他指挥着自己的菠菜、油菜、茄子、黄瓜,这些蔬菜整整齐齐地站在菜畦里,听着将军的号令。他往地里一站,脚下就是点将台,他的士兵挨挨挤挤,等待着将军的挑选。他也是工兵,自己辛勤劳作、照料、耕耘，爱这菜地正如疼自己的孩子一样。

菜畦里，常常晃动着父亲忙碌的身影。他只是用自己的独特方式，在特定的战场里操练，父亲的战场就是菜地，冲锋陷阵，勇往向前。父亲从那些花花绿绿的青菜中趟过，叶子会勾勾他的腿。他弯下身子，拂拂叶子，逮住虫子。见到水灵的、抖机灵的青菜，他会心一笑；见到长病发蔫，生虫害的，他眉头一皱，好生伤心。

父亲是个勤快人，对菜地忙得不亦乐乎。菜地旱了，他提水浇灌；有虫了，他弯着腰抓虫子；该施肥了，他挑了鸡粪追肥；有草了，他拿着锄头除草。

几分菜地，被父亲打理得井井有条，种得可全了：葱、蒜、黄瓜、豆角、茄子、辣椒、丝瓜、韭菜、香菜、白菜、油菜、菠菜、水萝卜、胡萝卜、西红柿……

父亲每天都要在菜地里逗留，精心伺弄呵护如同自己的孩子，看着种子破土而出，看着嫩苗茁壮成长，看着菜秧变得碧绿茂盛，看着瓜熟落地。他的心里布满了欢喜。

一次，我跟着父亲去摘豆角。看着长长的豆角，我兴奋得手舞足蹈。父亲对着菜地一阵子忙活。他拍了拍沾满泥土的手，转过身对我说："人勤地不懒，人懒地长草。一分耕耘，一分收获。学习如逆水行舟，不进则退。学习也要勤奋，笨鸟先飞嘛！"父亲寥寥几句，让我记忆深刻。

父亲的汗水没有白费，时令蔬菜走马灯似的一茬一茬的源源不断地登上我家的饭桌。母亲做出可口的饭菜，我吃得如狼似虎，父亲满心满意地喝着小酒。

父亲为人厚道善良。他种的蔬菜吃不了，就愿意送给他的同事。父亲喜欢跟菜地打交道，跟菜说说心里话：爹娘的健康事，单位的烦心事，孩子的厌学事，老家亲戚来往事……不好说，不愿说的话，他就跟菜白活白活，絮叨絮叨。其实，他心里有杆秤，何时干什么，怎么办，都在如明镜的心里装着。

　　父亲告诉我，这菜如人一样要慢慢地生长，发芽，长叶，开花，结果。每个阶段都有不同的任务，不能拔苗助长，也不能好高骛远。我知道，他正在用这种方式教育我。我何尝又不是父亲菜地的一棵青菜呢，其实，我永远都有父亲的影子，活在对父亲的敬仰里。

　　父亲在老家住，我在外地漂泊。离开父亲越远，想念父亲越切。现在，我的梦中总有父亲那疲惫的身影，父亲在菜地里伫立的背影，那是世上最温暖的、最香浓的父爱的味道！在梦境里，还是醒来，我的眼眸忍不住模糊，一种说不出来的感动。

　　我向父亲致敬，向亲近泥土的父亲致敬，向敬畏生命的父亲致敬！

小书包装满了母亲的爱

前几天，我做了一个梦，梦见自己上小学时背的小书包给我打招呼，问我是否还记得它们？我回答：当然没忘，而且还记得清楚着呢！

真的，我对它们记得清楚，想得心切。只是时间的流逝，岁月的无情，让我在记忆的仓库里对它们留下了灰尘……

"孩子，就要上学啦，妈给你做一个小书包！"母亲弯着腰抚摸着我的脑袋。我就像要飞向天空的小麻雀欢呼着，嘴里嚷嚷道："好啊，好啊，背着小书包去上学校……"

七岁的孩子是最天真的，也是最认真的。当时的我，在偌大的院子里疯跑着，像一只淘气的猴子。为了能多玩一会，还发狠地上蹿下跳，爬树掏鸟。可能要知道疯玩的"死期"要降临了，有害怕的人——老师的管教了。哎，我只管作最后的挣扎一番。天黑了，月亮在树梢上打盹，要如往常是不会这样早回家吃饭的。都是母亲在墙头上喊我的名字，唤儿回家的声音在空中回荡，在空中充盈，在我的耳畔响起时，我才意识到自己的玩耍要结束了，才知道肚子咕咕作响是自己饿了。

这次，我回家格外的早。"小书包，妈妈缝，一针一线密密缝；好儿郎，背书包，学好文化立功劳……"我哼着歌谣，蹦蹦跳跳地跑回了家。一推门，我就看母亲在灯下穿针引线，缝制我的小书包。

母亲是用一块小花布做的料子。这是母亲积攒很长时间的布票买来的，她都没有舍得做衣服。那布票也是她加班获得的奖品。心细的母亲，把小花布用剪刀裁成几块碎布，再慢慢地缝接起来。为了结实些，母亲还用缝纫机来回走了针线。我记得清清楚楚是蜜蜂牌缝纫机。

母亲穿针线，我是要帮忙的。我舔舔线头，用手小心翼翼地引过去。"我儿的眼就是好使。"这是我最爱听的夸奖。母亲用针在头上划了一下，如夜空穿过流星是瞬间的美。现在细细想来，那时的情境，虽简单但蕴含刻骨铭心的爱，一种无法超越的爱。

母亲熬夜赶制的小书包，我满心的欢喜。菱形的小方块点缀其间，好似星星镶嵌在天边。一个铁皮的铅笔盒，几支带橡皮头的铅笔，几个小演草、田字格的本子早已经装进了新书包里。我欣喜地跳了起来！

自上一年级起，我就背着母亲缝制的小书包欢欢喜喜地去上学堂。每次放学回家，我都要从书包里小心翼翼地拿出课本，或读课文，或写生字。母亲总是高兴地问这问那，好像读书的是她，不是我。

姥姥家孩子多，家里负担重，作为长女的母亲便早早地下学帮姥姥操持家务。"你姥姥用纺车织了粗布，给我做个小书包。我除了识字数数，还要割猪草、放牛羊，去生产队挣工分。那书包结实，我还用它给你姥爷送地瓜窝窝哩。"母亲每每说起这些，都一脸的幸福相。

我晓得了母亲延续了姥姥的传统，把书包当成装满爱的包裹。我越发地爱惜我心爱的小书包了。弹弓、打火枪、小木枪、糖果，我爱玩的，我爱吃的，统统地离开了我。

母亲缝制的小书包陪着我，度过了三个春秋。书包破了，她就缝缝补补。其实，乡镇上的门市部货架上也摆着略带样式和花色的书包。在那个年代，对于大多数孩子来说，那是可望而不可及的奢侈品。跟着母亲赶集，我也曾赖着门市部前不走，特眼馋新书包，真想背一背新书包。母亲特别的窘，想对我说啥又咽了回去。

几个星期之后，我有了一个令小伙伴们十分羡慕的军绿色书包。那是母亲省吃俭用，从牙缝里抠出来的，是攒够了一小尼龙口袋的角币、分币买来的。能从左肩向右斜挎，格外的抢眼，"振兴中华，实现四化"八个红大字加上红色的五角星，分外好看。我背着它，胸挺得更直了，走路更快了，好像威武的解放军战士。我愿意在小伙伴中间显摆一下，我有新书包了！

新书包跟随我又过了很多年。后来，上中学住校就不需要书包了。但我留着它，一直不舍得丢。书本越来越多，学的知识也越来越多，母亲也越来越欢喜。看到母亲满意，我读书的劲头更大了。

小小书包，包罗了人生，装满了母亲的爱，真是"载不动，母爱难酬"！

穿着千层底走天下

一双大脚行走天地，一双鞋子耕耘天下。

假若时光可以穿越，时间可以倒流，我一定要穿着千层底布鞋走遍天下。因为，脚穿的千层底布鞋，是慈母手中线纳的，更结实耐磨，更舒服合适。穿布鞋的脚，站得稳，行得正，走得更有底气、更稳健，也会走得更遥远、更持久。

千层底布鞋，曾是小姑娘必学的手艺活，是农家女必做的针线活。

姥姥是做千层底布鞋的高手。姥姥做鞋无数，有小孩子穿的虎头鞋，有大姑娘小媳妇喜欢的绣花鞋，还有单鞋、棉鞋、圆口鞋、紧松鞋。这些都不在话下，样样精通精湛。邻里乡亲经常登门找她讨要鞋样，讨教手艺。

姥姥做出的千层底，总是白净的鞋底，精致的鞋面，美观，舒适，耐穿。她给母亲小时候的礼物——多半在鞋面上绣着一串绽放的梅花、两只翩翩的蝴蝶，俨然就是一件精致的工艺品。

二姑的手也是村里出了名的一双巧手，尤其做千层底的手艺是人见人夸。每次去她家串门，她总送我几双千层底作为礼物。我每次都特别的欢喜。

但，我总认为母亲才是做千层底布鞋高手中的高手。尽管，母亲是姥姥的徒弟，母亲也向大姑二姑讨教。

上小学，我穿着母亲做的千层底布鞋，舒服轻巧，结实耐磨，透气很好，不臭脚丫。同学们围着我，带着欣赏的目光看，羡慕极了，那个眼馋劲就甭说了，啧啧的赞叹声不绝于耳。

我的同学们，你们怎能知道，那双千层底布鞋，花费了母亲多少星光，融进了母亲多少慈爱啊！

每年春节之前，我会收到新年的大礼包——一双新布鞋和一双新棉鞋。

"试一试合不合脚。"母亲又是一夜没合眼，满心满意地说道。

我兴奋地脱掉旧鞋，试穿新鞋："大脚趾头有点挤得慌。"

新鞋开始穿，一般都会有一点挤脚，但穿几天就非常贴合脚了。只见母亲接过我脱下的鞋，用钳子伸进鞋里，用力往前顶几下，再穿上时，就不那么紧了。

那么精致好看，结实耐穿的千层底布鞋，比皮鞋、运动鞋都强百倍！

现在，我终于晓得皮鞋真不如布鞋好。

这千层底，千丝万缕，层层思念，底里深情，针针凝心啊！

个子一天天变高，脚丫一年年长大。我小时比较顽皮，上树掏鸟窝，爬山逮蝈蝈，墙上走，屋顶待，不知闯了多少祸，捅多少娄子，惹多少乱子。从小到大，更不知穿坏了多少双千层底布鞋。一年又一年，鞋码越来越大，后来，母亲做鞋的时间就更长了。

……

穿着母亲做的千层底，走过了童年，走进了少年，也便开始了人生成长。

穿着母亲做的千层底，学会了蹒跚走路，学会跋山涉水，也便开始了人生行走。

穿着母亲做的千层底，走出家门，走进学校，走出村庄，走进城市，也便开始了人生之旅。

我不怕人生之路坎坷不平，不怕人生之旅艰难险阻，因为我有母亲的千层底相伴，有母亲那深深的爱相随，有儿行千里母担忧的惦念相护……

我人生的每一步啊，都是母亲密密麻麻的爱。我人生的每一个印迹啊，都是母亲密密麻麻的情！

母亲将她所有的疼爱，叮咛，担忧，期盼，一一收集起来，汇总起来，编织起来，密密麻麻地纳入鞋底深处。

母亲的半条命＝儿子的学杂费

澳门回归那天，举世瞩目的中葡两国政府澳门政权交接仪式举行，澳门回到祖国的怀抱。那一天，也是我们全家人刻骨铭心的日子。下岗的母亲在去市里更换鞋底子的路上，被拖拉机撞伤了……

事情的来龙去脉，我是后来才知道的，从父亲那里，从弟弟那里，只言片语，零零散散，构不成完整的清晰的梗概。那是母亲第一次也是唯一一次受大伤。作为她的儿子，我应该知道，也必须知道。我多次问及此事，坚强的母亲淡淡地说，不碍事，都过去了！语气平和，声音如初，安静如一泓湖水。

出事的那天，寒风刺骨，人冻得瑟瑟发抖，调皮的风儿往人的脖子里钻，非得要在人的怀里安静的睡觉。早晨五点，母亲，起床，穿衣，在衣兜里放了两个干瘪坚硬的烧饼，那是她的早餐和午餐。父亲，起床，穿衣，在大金鹿自行车上捆好装得满满当当的一尼龙袋子货，那全是需要调换的鞋底子。母亲，出门，骑车，消失在远方。父亲，出门，挥手，伫立在前方。

从家到镇上，五里多路，从镇上到市里，两百里路。从家到镇上，骑自行车，等大客车；从镇上到市里，坐大客车，到百货批发市场。这样的路线，简单单调；这样的安排，复杂杂乱。母亲再熟悉不过了，因为她每两个星期都要重复一遍，因为她批发回来的鞋底子在农村集市上很抢手。

母亲同往常一样，骑自行车驮着货底子去镇上等大客车。她盘算着如何跟卖鞋底的老板打交道，让人家高高兴兴地调货。母亲压根儿不会想到，我们也不会想到，一场突发奇来的车祸正向她走来。

前几天，老天爷突发奇想给大地开了个玩笑，下了一场大雪。雪花悠悠飘落，将天地渲染成白茫茫的一片。雪停了，路却结冰了。母亲小心翼翼，路上的行人小心翼翼，路上的车辆小心翼翼……

农村多用十二马力的小拖拉机（老家俗称为"小12"）搞运输，主要运石头、石子、石粉、水泥赚钱。这种拖拉机超重拉两三吨的货，遇到上下大坡，那是很危险的。它上坡喘得很费劲，像一个年迈的老人。

一辆"小12"从母亲的自行车旁边经过，一转弯，撞到了母亲，把母亲拐到路边上。自行车摔了，车上的货歪了，母亲倒了。母亲碰到路边的石头，鲜血直流，头上青一块紫一块。母亲下意识地爬起来，边追边喊："停下来，停下来……"那个司机听到了，开得更快了。母亲追了十几米远，没有追上，又折回，强忍着疼痛，扶起车子，绑好袋子。

后来，母亲聊起这事，她说，自己也搞不清楚，当时哪里来的劲头，硬是骑自行车驮着货回了家。她心里琢磨：哎，这次调货没去成，反而被车撞伤了。生意耽误了不说，还得吃药看病，得花多少钱啊！孩子的学费咋办啊？咋办啊？咋办啊？

母亲骑车到了家，刚刚推门，只听见"咣当"一声。母亲头晕眼花，昏倒在地。七岁的弟弟被眼前的一切吓哭了，拼命地喊："妈妈，妈妈，你怎么啦……"弟弟急急忙忙去找邻居来帮忙。邻居扶母亲躺在床上，又请来大夫看病。大夫其实就是我们厂子医务室的，是个赤脚医生。

大夫给母亲听诊，缝针，输液，开药。

大夫说，万幸，万幸。头上的口子是石头硌的，需要缝合。头上血液淤积严重，需要卧床静养休息。不然，后果不堪设想。到大医院查查吧！

母亲开口说，有福，有福，捡了一条命！不行啊，还是在家里吃吃药，在家里输输液吧。去大医院，可花不起钱。我不能去赶集卖鞋子底了，孩子的学费咋办啊？

大夫说，哎，都这时候了，还心疼钱，你要钱不要命啊！

母亲说，让医生笑话了，让兄弟你费心了。孩子的学费咋办啊？

父亲从集市上骑大金鹿自行车赶集回来。他来不及卸下货，就去看母亲。父亲说，这不是万幸吗，捡了一条命！父亲执意要陪母亲去医院查一查。母亲哪里肯，还是说那句话：孩子的学费咋办啊？

父亲让母亲想一想那辆"小12"的特征，一定要找到车主，一定要讨个说法。根据母亲的回忆，父亲猜测可能是村里的拖拉机。父亲就去村里问问情况，打听打听一些熟悉的司机。但令人失望的是没有任何线索，也没有任何结果。

几天后，父亲和同事二聋子聊起这件事。二聋子伯伯是个热心肠的人，满口答应帮忙找肇事者。巧合的是他的儿子开"小12"，正好在出事的那天去临县拉货。他说，当时，的确听到了撞人，看到那个人爬起来，知道没事了，就偷偷开溜了，怕赔医药费。

父亲曾经帮助二聋子的儿子修过几次拖拉机。二聋子和他儿子感激不尽。这样，在他们的帮助下，找到了同他一起搭伙跑运输的，就是车祸的肇事者。那个人也承认撞人这样事，但他家里穷得叮当响，东凑西借合伙买的"小12"，刚开始跑运输，就惹下这档子事。那个人不肯见面，仅仅拿出了五百块钱打发了事，三百块看病治病，二百块买点营养品。

父母很善良，更没有讹人的念头，见那个人家里也穷，就发了善心，没有再追究，更没有打官司。母亲吃药打针两个多月，吃的药是最便宜的，打的针是最便宜的。血液淤积的脓包，发青发紫的皮肉半年才好利索。母亲没有去医院检查，更没有买像蜂蜜这样廉价的营养品，最后只花了二百块钱的医药费，五百块钱剩下了三百块钱！

　　尽管这样，她还是懊悔，还是自责：当时我要是更小心点就好了。养伤耽误赶集卖鞋底子，孩子的学费咋办啊？

　　在县城读高中的我，住校一个月才能回家一次，根本不知道这场车祸，更不知道母亲被撞伤下不了床。等我回来，懂事的弟弟先把我拉到一边，悄悄地告诉我了一切。不争气的眼睛像开了闸门一样，泪水止不住地流了出来。我哭了，弟弟也哭了。

　　我问母亲。母亲平静地说，不碍事，都过去了！两句话，几个字，简单得不能再简单，如锋利的尖刀刺向我的心。两句话，几个字，足够我珍藏一辈子。

　　我的母亲啊，您用半条命给不争气的儿子换来了交学杂费的三百块！

　　我的母亲啊，您怎么不顾自己的死活，心里装的总是您的儿子，您不孝顺的儿子！

　　这就是母亲，伟大的母亲，不平凡的母亲，把儿子的事看得比天大，把对儿子的爱看得比海深，把儿子的读书看得比自己的命更金贵！

胎记拴着老娘的牵挂

母亲是书面语，妈妈是口语，娘是古时称呼或特定地区的昵称。我更看重娘的叫法，简洁，亲切。查了一下词典，娘，形声，繁体字从女，从襄，襄亦声。"襄"有包容、包裹之意。"娘"的解释就是身体包裹了婴儿的妇女。这明明是对女性的敬畏，更是对母亲最大的褒扬。

叫一声娘，我的心口疼一下。看着她为我裁剪衣服做布鞋，看着她上班工作为我积攒学费，看着她和我在一起的照片，我的心啊，沉甸甸，湿漉漉。我在她心里的分量很重很重，超越了她自己。老话都说，儿是娘的心头肉，儿是娘的小影子。小时候，总是盼望着有一天挣脱娘的呵护。长大了，却总是想起娘的好，一切的好，好的一切！

记得，小学同学经常取笑我："你的脖子弄得啥，脏兮兮的，黑泥能上二亩地！"谁拿我寻开心，我就跟谁玩急的："那是记！"我理直气壮地说。这是娘告诉我的。后来，我才知道是胎记——娘胎里带来的记号。

娘说，有了记，儿子丢了好找，有福之人都有记。每当娘说起这事，每当别人谈及胎记，我心里美滋滋的——有福气的人才有记！我归属有福气之人，是当大官、很有钱，还是学问大，懵懂少年才不理会这些呢。我确信胎记会保佑我的，正如老百姓心里都信菩萨，可能是一种心理暗示，一种心灵寄托吧。

长大以后，才知道胎记不会庇护你，更不会呵护你。你犯了错，没人会帮你，掩盖错误，逃避惩罚，根本不可能。你成功了，不是胎记的功劳，不是胎记赐福的结果，而是娘的牵挂，而是靠机会机遇，靠他人相助，靠个人努力。

过去，社会治安不好，有些地方出现过拐卖儿童，偷小孩子的事情。听大人讲，小孩比大人值钱，男孩比女孩值钱。谁都希望自己的孩子好好的，无病无灾，平平安安。娘更是如此，或许比孩子多的母亲更强烈些。

娘吃的苦，如高高的树；受的累，如不消停的河。她读书少，干活多，庄稼活，车工活，建厂房，摆地摊，清洁工，洗碗工，临时工，固定工。身份不断地转换，岁数也不停的上长。但娘唯一高兴地就是看着我和弟弟长大、上学、工作，看着我们成家立业、生儿育女。

娘说，儿走得再远，也跳不出娘的手心；儿飞得再高，也离不开娘的视线。

是啊，穿衣戴帽照镜子，我看到了自己的胎记，皮肤色。我好像又看到了给我生命的老娘的白发又添了几根，镜子里好似晃动着娘慈爱的笑容。娘啊，您用沧桑的岁月，换来我一生的幸福快乐！娘啊，您用劳作的背影，换来我绚丽多彩的人生！

尽管回家的次数越来越少，但娘的牵挂却越来越多。电话里传来娘的千叮咛万嘱咐：成家立业了，要对岳父岳母好，疼媳妇，爱孩子；在单位上班，听领导的话多干活多吃苦，跟同事处好关系多吃亏，别使小性子，别发脾气，少喝点酒；吃水不忘挖井人，要学会感恩；在外打拼不容易，要学会知足，别这山望着那山高……

那次，我收到了一份沉甸甸的，装满爱的包裹。谁说娘跟不上潮流，这不也学会寄快递了？谁说娘落伍了，这不也天天看新闻知道伟大复兴中国梦？

那一刻，当快递员递给我包裹让我签收，我犹豫不决，迟疑不决。究竟是不是娘寄来的东西，到底是啥东西呢？快递单确确实实写着老家的地址，一个再熟悉不过的地方。我小心翼翼地撕开包装盒，一袋小米、一袋核桃、一袋绿豆、一袋红豆……大盒子装着小袋子，小袋子装着小杂粮。这是什么，这分明就是娘的挂念。

噢，我想起来了。上次我打电话告诉她，她的孙女喜欢喝稀饭，喜欢看小人书，她的儿子胃不好，经常熬夜写材料……娘啊，您老人家还是跟从前一样，操心的命，不会享福的命。我只是说说而已，您咋当真的啦；我都是快四十的人了，哪能还让您费心惦记……

娘啊，那胎记——娘胎里带着您的美，带着您的爱，伴我长大。那拴着娘的牵挂，那系着娘的惦念，教我怎能不想它！

有一种爱叫千层底

  温暖的，亲切的，千层底布鞋啊，时常萦绕在我心头。
  要说鞋，草鞋、布鞋、皮鞋、拖鞋、运动鞋、高跟鞋、旅游鞋，昂贵的，便宜的，机器的，手工的……但我最留恋的，还是千层底布鞋。
  查阅资料得知，3000多年前的周代便有了我国最早的千层底布鞋。从山西侯马出土的周代武士跪像的鞋底上，明显可见一行行归整的线迹，与今天的千层底布鞋完全一致。可见，布鞋历史的悠久，传承的久远。
  千层底布鞋制作技艺，作为"活的形态"，已入选第二批国家级非物质文化遗产名录。它作为中华民族的宝贵财富和珍贵遗产，具有极高的历史文化价值、经济价值和工艺价值。
  千层底布鞋工序复杂，耗时很长，一双单鞋最快也要一个星期的制作时间。
  千里之行始于足下。千层底布鞋的制作是从哪里开始呢？
  打袼褙，这是做千层底布鞋的头等功课。袼褙是做千层底布鞋的基础材料，做鞋底鞋帮，都离不开它。

母亲多半是把我不能穿的旧衣服沿线拆开的布条，或积攒的新旧布边角废料，粘贴在一起，打袼褙。

母亲用面粉做成浆糊，在废弃的案板上面先铺一层报纸，在报纸上刷一层浆糊，然后，就开始一块一块地往上粘已准备好的布条。刷一层浆糊，铺一层布，再刷一层浆糊，再铺一层布。铺平，按匀，最紧要。当然，每块布的接茬也是有讲究的，不能有空隙，还不能在接茬处有叠压。否则，就会前功尽弃。这样，要粘上三五层或者七八层，做鞋帮可少些，鞋底要厚些，两者是不一样的。粘好后，要拿在庭院里晒晾，太阳暖暖地烤着，如同婴儿慢慢睡熟。底下铺的是报纸，所以很容易往下揭。挺实硬朗，厚薄均匀，刷刷作响，上乘的袼褙就打好了。

听姥姥讲，一层袼褙由几层布粘成，鞋底又由几层这样袼褙粘好，这就是为什么叫千层底的缘由。

每当做鞋的时候，母亲就会把这些袼褙从床铺下拿出来，找出我的鞋样儿。母亲的眼力好使，用手比量，根据脚的大小把鞋帮、鞋底，用铅笔描出轮廓，描完后拆下鞋样，沿铅笔印裁剪出来。仅仅凭靠经验，或修改，或放大，把鞋样贴在袼褙上照样剪下来，鞋帮、鞋底的雏形就做出来了。

母亲按照这些大大小小的鞋样，用大块的原料比试好，拿出一把大剪刀依照鞋样剪下来。母亲总是铆足了劲用力剪，每剪一下，她的下颌骨连同肌肉总会蠕动。

母亲做千层底布鞋特别细致，头脑里有一张蓝图。什么颜色配什么布料，什么布料做什么样式的鞋帮，她都心中有数，胸有成竹。在鞋底袼褙的边沿处用浆糊粘上一条白布条，一层一粘。

母亲把粘好的鞋底放在石板上，上面用一个较重的秤砣压上，这样做为的是粘得牢固、平实。

母亲有时用麻丝搓捻成绳，有时用白线搓捻成绳。大约三四根一股，拨弄锤，打上劲儿，这样的两根合起来不停地捻。

如果说，打袼褙是做千层底的基础工序，那么，纳鞋底子却是最费力的步骤。

纳鞋底是很累的力气活，厚厚的几层袼褙，针根本是扎不进去的。为了让针线轻松穿过，母亲有一只专用的锥子，先在鞋底上扎眼，再用穿着麻绳的大针穿过去。穿过去的麻绳要缠在锥子把上，铆足了劲，用手使劲儿地拽紧。

每纳上两针，母亲就会用针在头发上划两下，润一下针，好似在天边画出一道彩虹。然后用套在右手中指的铜顶针一顶，那针线就会很快地穿过去。母亲的神情是那样专注、安详、柔和。细细的针脚像芝麻籽，密密麻麻，错落有致，煞是好看。

鞋底离不开鞋帮，鞋帮也离不开鞋底。鞋帮需依鞋样裁出一层布壳加一层条绒布，两层对齐缝合。鞋底和鞋帮连接的那一圈儿，用白布条包边缝一周，鞋面处的边沿用黑布条包边缝合，鞋口处缝上松紧，使鞋面更加贴脚。

其实，"上鞋"也绝对是最需要技巧的活儿。将鞋底和鞋面缝合到一处，就是"上鞋"。如果上不好，不是鞋底长了就是鞋面窄了，底和面的缝合处总是皱皱巴巴的。母亲拿捏有度，上的鞋总是严丝合缝，针脚匀称，圆润饱满，有模有样。

这样一双鞋就完成了！

一双崭新的千层底布鞋做好了，黑色的鞋面，白色的底边，美观、大方，煞是喜人，令人顿生爱恋。

棉鞋的复杂程度远远高过单鞋。虽两者鞋底的做法同样，但鞋面就要多上几道工序。比如，鞋面上要絮上厚厚的棉花，还要锁鞋眼儿，工期自然就长得多。

千层底的每一道工序，不知藏了母亲多少汗水与辛劳，也不知藏了母亲多少无私的爱！

母亲的手擀面让我难忘

有人说，世上总有一个地方，让你流连忘返。世间总有一种情感，让你刻骨铭心。生活总有一种味道，让你回味无穷。

我有同感，那地方不是家吗？那情感不是爱吗？那生活不是吃吗？有家就有爱，有爱就有家。吃什么，吃家里母亲做的手擀面……

期待手擀面，如等待一阵贵如油的春雨，如期盼一场桃花灼灼的花海。

小时候，母亲擀面，我来捣乱，捏起小面团，捏成小猫小狗。现在想起，似乎总能浮现母亲擀面的美。案板如画板，刀剪如画笔，面团如颜料，一样的构思，一样的步骤，浑然天成，巧夺天工。在我眼里，母亲就是一位艺术家，一位不知疲倦的艺术大师。

母亲从缸里舀出来那白白的面粉，鸡蛋清和成面，擀面杖来来回回，擀出岁月的流逝，擀出母亲的身影。面在母亲灵巧的双手下有了神奇的魔力，变成了调皮的精灵，变成了婀娜的仙女。母亲又像魔术师一样，一个个生命，细细的、长长的，晶莹剔透，整整齐齐，安安静静，码在案板上，等候母亲的挑选。

我会偷偷溜到灶台边，眼睛直勾勾地盯着看母亲下面，急不可耐地等着出锅的手擀面。灶台是父亲垒砌的艺术品。父亲添柴，母亲下面，配合默契，无声无息。锅里的水咕咕作响，水花翻滚。母亲将面条慢慢丢进去，霎时，面条舞蹈开来。

母亲喜欢看我贪吃的狼狈样。"哧溜""哧溜"地狼吞虎咽，发出不雅的声响，直吃得头发打绺儿，头顶冒汗儿。

慢点吃，吃慢点。她的嘴角总会微微上扬，饱含沧桑的脸上绽开了幸福的笑容。整个屋子被母爱的滋味溢满。

现在，我梦里总是小时候一家人围在饭桌上吃饭的场景，欢欢喜喜，打打闹闹，开开心心。我的碗里，分明藏着母亲的艰辛，存着母亲的坚韧。

我心里有说不出的愧疚和痛心。

我在县城读高中的三年，父母下岗失业，只能赶集卖小百货维持生计。那是父母最苦最累最遭罪的日子。父母都是千年的石佛像——老实人，尽管下岗了，失业了，他们却没有抱怨，没有懊悔，而是咬紧牙往前走。母亲为了我和弟弟，为了整个家，如同抹桌子的布——专拣脏活干。我高中住校一个月才能回一次家，母亲都用手擀面来改善一下我的生活。

母亲挽着袖子，系着围裙，在屋里和面，揉面，擀面。我伏在桌子上，坐在凳子上，在屋里看书，背书，抄书。母亲看看我，满脸幸福，满意写在心里。他的儿子在努力，如同她手里的面，如同她的手擀面。他的儿子何尝不是她精心打磨、手揉手擀的太阳呢？我看看母亲，满脸陶醉，欢喜刻在心里。我的母亲在努力，如同她手里的面，如同她的手擀面。她自己何尝不是全家人避雨遮风、手撑手合的雨伞呢？

手擀面耗时费力，要用力揉搓面团，用劲越大功夫越长面团越筋道，做出的面条也就越好吃。

母亲是个细心人。筛面、敲蛋、一点点井水，水中加少许盐，边搅拌，边添水，面和成穗儿状、絮儿状。再用劲揉，揉成一坨面，一直揉到盆净面光为止。稍稍让面打个盹，再将面团中的空气揉动排空。面团在撒了面醭的案板上反复按压、团揉，不停地添加面醭。面饼用擀面杖卷起，细细推碾，直到面饼成为一张薄薄的圆饼。

母亲的双脚，一前一后，站在案板后面。面团被擀面杖卷起来，来来回回，双手不停地搓着，身体踩着节拍似的摆动。擀面杖同案板摩擦不断，发出悦耳动听的声音。擀一圈，摊开面，再用擀面杖卷起擀，每换一轮，抓一把面撒在上面，用手抹匀，面就不会黏。依次逆时针换方向，擀十多回，手擀面就擀好了。

母亲把面一层一层叠起来，一刀挨着一刀，切成相同的宽度，把最上面的一层齐排拎起来，抖直平铺，从两边拦腰掐起再抖一抖，好似天女下凡落入人间。那面柔软温润，细腻光滑，带着爱的沉淀，带着岁月的累积。看一眼，就感觉吃在嘴里，劲道，爽口，虽软而有嚼劲，甜在心里，令人回味不尽。

热气腾腾的手擀面，弥漫房间，升腾起母爱沉沉的寄托，散发起岁月静好的香味。母亲把单调的生活和成面团，把平淡的日子切成细细的面条。机器压出来的龙须面怎能和母亲的手擀面相比呢？我不知不觉眼泪溢满了眼眶，哽咽着吃下那碗面……

瞬间，我觉得自己无法承受生命之重，这浓浓的母爱让我呼吸变得困难起来，窒息得让我泪流满面。尽管母亲赚钱很难，但她乐观不惧困难，更不肯让我看出生活的艰辛与不易。

走出家门，走进社会，我最揪心的莫过于思念母亲。母亲的符号轻轻化作手擀面，浮现眼前，恍如昨日。

母亲常说，手擀的面细又长，那细寓意生活细水长流，那长寓意长长久久。好人吃，能长寿，恶人吃，会变善。母亲说，希望儿子做好人，莫做坏人。

哦，手擀面，让人容易记起家的方向，闻到家的味道。父母在哪里，哪里就是家，母亲在哪里，哪里就有手擀面的滋味。大家有大家的企盼，小家有小家的回味。

哦，母亲的手擀面，一如泛着暖心的母爱，陪我走过春夏秋冬，走过天南海北，滋养我一世一生，滋润我岁岁年年。一碗手擀面，缕缕芳香弥漫周身，那彻骨的别样清香，至今浸润在我的梦乡。

哦，最可口、最地道、最相思的还是母亲做的正宗手擀面……

农谚是土地的春暖花开

　　回到老家,听乡亲们聊农时谚语,我如同接到至亲遥远的问候和呼唤,心里的那种温暖感,使自己暖意融融,好似春暖花开。

　　我们的父老乡亲接过先人的接力棒,把农谚当作族谱深深珍藏,对一天一地一稼一穑敬畏和崇拜,在田野上耕耘劳作摸索,留下了唇齿留香的大地情书——农谚哲语。

　　爷爷听了农谚的口信,牵来老牛,驾出铧犁,"咮溜溜",与泥土谈心。他在既定的路线上指挥一场大战役,鞭子在半空中画出优美的圆弧,老牛打着响喷奋蹄前行,僵硬的泥土不再桀骜不驯。他乐了,嗅到了泥土的清香。土地听他的话,在他眼里土地就是他的子孙。

　　爷爷听了农谚的口信,拿出镰刀,"嚓嚓嚓",与麦子交谈。他,汗流在蜿蜒,看到站了一季的麦子舒服地躺在田头。他笑了,金色的铁轨铺向落日的霞光。

　　农谚,是爷爷的烟袋酒壶。爷爷只在意农谚与种地有关,与庄稼的命有关,正如他只关心自己的烟袋有没有烟叶,酒壶里有没有烧酒。他不会背唐诗宋词，因为他没有上过学堂，但他会诵二十四节气歌。

一句农谚语，一生人情话，农谚练达即文章。爷爷用脚掌丈量土地，用农谚收获生活，从脚掌里挤出庄稼，从农谚里挤出日子。

爷爷说，农谚是天是地是祖宗，要听要用要敬。不然，就是孽障，就是不孝顺。他把种子一口一口喂到泥土的嘴里，又把粮食一捧一捧存到粮囤的肚子里。他说，这是农谚的本事，这是农谚的功劳。他活在农谚里，春暖花开。

我当然知道，农谚之于农民，就像阳光雨露之于禾苗，甘甜乳汁之于婴儿，锋利宝剑之于武士。农民离不开土地，更离不开农谚。贫瘠的土地，憨厚的土地，欢笑的土地，让父老乡亲在农谚的魂魄、肌肤、血浆里萃取发酵升华。到底是农谚看着土地在长大，还是土地看着农谚在变老？

农谚是一部书，把农林牧副渔等农业知识编辑成老百姓记得住的大白话；农谚是一首诗，把稼穑果蔬蚕桑节气浓缩成老百姓朗朗上口的歌谣。

农谚的根，在农民的心里，在农村的泥土里，在农业的劳作里。庄稼人感激农谚，爿爿荒地，播种五谷，收获稼穑，填饱饥肠。这是一份亲昵而格外的感动，心旌插入了人的骨髓。

农谚，音律和谐，合辙押韵，形式动人，接近地气，富有生活气息。"人无力，桂圆荔枝；地无力，河泥草子。""蚕豆盖层泥，好比三九盖棉衣。""秧草起身，还要点心。"这是善用比喻比兴，用常人生活来相比，更显得亲切易知。"隔重山，多一担，隔条河，多一箩。"这是以局部代全体，以具体表抽象，更显得自然生动。"麦田舞龙灯，小麦同样生。""立冬种豆一筷长，两粒豆子换一双。"这是用委婉之曲含蓄地把本意表达出来，烘托出来，更显得婉转婉约。

农谚的家在农村，家长是老百姓。所以，农谚，生动活泼，喜闻乐见，极富有泥土气息；农谚，口头相传，简短流畅，精练深刻，发人深思。农谚也很有地域性，不同区域作物种类不同，播种收获也不尽相同。

农谚，是乡间河道里的蜻蜓点水，是土墙犄角旮旯的收成墒情。这说起来溜、念起来顺的行话，虽土得掉渣，但狂野洒脱，率性而为。庄稼人看天气识农事就爱听农谚的招呼和号令。所以，农谚，就如乡间小花，摇摇曳曳，清芬灿然。看，青黛漫山，群鸟啁啾，碧水潺潺，鱼游虾舞，蛇出兔蹿，野果遍地，淑女俊郎，农夫垂髫，乡情村景如诗似画。这农谚难道不是乡村的风景吗？

农谚里有花开的声音。"桃花落在尘土里，打麦打在泥浆里；桃花落在泥浆里，打麦打在尘土里。""春接海棠夏接桂，秋接菊花冬接梅。"念着农谚，杏花梨花桃花争芳斗艳，果园成了绿的世界，花的海洋。

农谚里有动物的歌唱。"雨中闻蝉叫，预告晴天到。""早蚯闻蝉叫，晚蚯迎雨场。""鱼跳水，有雨来。""癞蛤蟆出洞，下雨靠得稳。""蚯蚓爬上路，雨水乱如麻。"小动物一声唱歌，或预报天气，或传递音符。

农谚里有菜蔬的集结号。"谷雨前后，种瓜种豆"，谷雨时节，培秧育苗，准备种菜，秧种黄瓜、茄子、辣椒等秧苗，育种南瓜、豆角等蔬菜。"头伏萝卜，二伏菜，三伏过来种荞麦"，头伏天，该种萝卜了；二伏一到，就该种白菜了。

小农谚，好警句，大格言，真哲理，藏着民间的智慧、学问和道理，藏着民俗文化的真谛和内涵，更藏着爷爷的春暖花开。

把爷爷的影子找回来

我的爷爷,已经永远地离开了我们的家。那是1985年8月,他七十五岁,父亲三十三岁,我才四岁。这是父亲告诉我的,镌刻在他的心里。然而我老是记不住爷爷的忌日。每当跟着父亲去上坟,给爷爷他老人家烧纸钱,我总追问,爷爷疼我不?每当春节摆上奶奶、姥爷、姥娘的照片,供上他们的牌位,我总追问,咋没爷爷的照片,只有几行字?

我使劲地想,冥思苦想,左思右想,胡思乱想,用了若干种办法也没有想出爷爷的模样。爷爷,对不起,我实在没有记起来您的容貌。我对您只有零星的记忆,碎片化的,模糊的,朦胧的。我试图把慈眉善目、精神矍铄、老当益壮、皓首雄心、鹤发童颜组合在一起,想象您的样子,拼凑出您的背影,长长的,弯弯的,远远的。

爷爷向我挥挥手,我向他摇摇头。我不敢靠近他,不敢走近他,更不敢亲近他……

父亲讲起爷爷的往事,一脸幸福相,洋溢在心里。爷爷拿手的手艺是做豆腐,这可是有本事人的灵巧活。豆腐被称为"植物肉",常年都能吃，可做出好多样菜，四村八乡很受欢迎。我老家的豆腐有大豆腐、小豆腐之分，主要区别在点石膏（或点卤）的多少上。大豆腐用石膏较少，质地细嫩，水分含量大；小豆腐，用石膏较多，质地较老，水分含量小。豆腐能做成红烧豆腐、麻婆豆腐、鱼香豆腐、白菜豆腐锅、香菇豆腐汤等好多种菜肴。这是我长大才知道的。

做豆腐全部由爷爷掌舵完成，磨豆浆、过滤豆腐渣、压水分，很费时费劲。爷爷这个手艺，没能传承下来，父亲和大爷都没有学会。豆子是奶奶精心挑选的，头天晚上，把豆子冲洗干净，浸泡一晚上，黄豆膨胀开来，像喝醉酒的孩子。石磨磨豆浆，有时用人力，有时用驴子推磨。小石磨是两块圆盘的石磨，磨盘内有磨轴，上扇磨盘中间有一个圆孔，专门送入豆子。两片磨盘之间是石齿，一圈一圈的，磨盘一转动，豆浆就从磨盘里面流淌出来，好似天女下凡，又似月光细语。铁圆盘边上留一口子，这便是磨豆腐的家伙什。

天蒙蒙发亮，爷爷就要早早起来干活。铁圆盘放在两条宽板凳上，然后把石磨盘放在铁盘上，在口子处放一水桶用来盛豆浆。爷爷转磨盘，奶奶添豆子。石磨转动起来，叽叽声，爷爷的身子一前一后摇摆，石磨一圈一圈旋转，豆汁顺着石磨壁汩汩而下，豆香四溢，顺着出口流进了桶里，流进爷爷的心里。磨浆、煮汤、滤渣……，哪一道工序都马虎不得，疏忽不得。父亲讲起这段，总仰头哈哈大笑。笑声里，眼睛里，分明闪烁泪花。

爷爷用特制的布袋将磨出的豆浆装好，收好袋口，用力挤压，将豆浆榨出布袋。一般榨浆榨两次，在榨完第一次后将袋口打开，放入清水，收好袋口后再榨一次。生豆浆榨好后，放入锅内煮沸，边煮边撇去上面浮着的泡沫。温度要保持在九十至一百摄氏度之间，并且需要注意煮的火候。煮好的豆浆需要关键的一步——点卤凝固。石膏点卤就更复杂了，需要的是巧劲。焙烧好的石膏碾成粉末，加水调成石膏浆，倒入刚从锅内舀出的豆浆里,用勺子轻轻搅匀。豆浆凝结成豆腐花,只见大锅里咕嘟咕嘟绽开了灿烂的花。在豆腐花凝结后一刻钟,用勺子轻轻舀进已铺好包布的木托盆里。盛满后,用包布将豆腐花包起,盖上木板,压二十分钟,即成水豆腐。爷爷也制豆腐干,把豆腐花舀进木托盆里,用布包好,盖上木板,在板上堆上石头,压尽水分,便成了豆腐干。

父亲从小就耳濡目染了豆腐的神韵,对豆腐一直怀有深情。父亲说,你爷爷做的豆腐,很好吃,卖得快。我仿佛看到,爷爷的豆腐,白如凝雪,细如凝脂;我仿佛听到,爷爷敲梆子卖豆腐的吆喝声。

爷爷走街串巷卖豆腐,村里人没钱买,东家拿来豆子,西家带来棒子,张家拿的是高粱,李家带的是地瓜面。地里产的,汗水换的,物物交换,人心换人心。爷爷用豆腐换来了豆子、棒子、高粱、地瓜面,再去集市卖掉换成毛票,贴补家用。

爷爷挑着豆腐担子,边走边吆喝:"换豆腐唻……"只要豆腐挑子停下,小孩都会围拢上去。调皮的小孩学着爷爷的吆喝,发出稚嫩的童声:"换豆腐……"有的孩子揪着爷爷的衣角,死皮赖脸地嚷嚷:"叔,给俺点,俺饿得头晕眼花,馋得心里慌慌!"有的孩子趁机挖一口,塞进嘴里,一溜烟跑了。爷爷气得直哆嗦,干跺脚:"野小子,敢偷爷的豆腐,告诉你爹,看你的屁股皮实不皮实……"孩子跑远了,转身向爷爷做个鬼脸,藏到棒子垛里不出来了。其他孩子笑得前仰后合,这回有故事能讲给爹娘听了。

其实,爷爷只不过是吓唬吓唬,假装生气。饿不是孩子的错,长身体,没有粮食咋行!没法子,农村真穷,老天爷不长眼,土地里刨不出来白面馍,脚下尽是菜窝窝地瓜窝窝。谁家没有娃,穷人的孩子都一样。村里人实诚得很,抬头不见低头见,乡里乡亲的,你家有难,我家帮忙,我家有喜,他家道贺。庄稼人自私是难免的,穷怕了,怕被人坑,怕被人骗,苦习惯了,习惯积攒粮食存家什。家里有粮,心里不慌。庄稼人心地善良，没有花花肠子，直来直去，像土地一样厚实耿直，像金子一样金光闪闪。这就是爷爷，这就是像爷爷一样的乡亲。

　　爷爷喜欢打散酒喝两盅，心情好的时候就再多喝一盅。几块萝卜咸菜、几颗花生米、几根黄瓜，就是下酒菜。几盅白酒下肚，脸红彤彤的，像落山的夕阳。攥牛犁地，下地干活，扬场晒粮，他是好把式。养大了两男两女，一大家人口，他是家里的大掌柜。一头牛，十亩地，两处宅子，一个场院，二十多棵树，这是他辛苦一生的成绩，留给后人的。爷爷在世时，不许大爷和父亲分家单过。他说，兄弟分家就是分心。老话说得好，兄弟连心，其利断金。大爷和父亲都记住了爷爷的话，没有分家，更没有分心。

　　爷爷没有留下一张照片，只留下了一堆影子。我想把他的影子找回来……

蒲墩的味道

蒲墩，现在很多 90 后 00 后大都不知道它是什么东西了，但在老家农村可能还能觅到它的踪迹，或许作为摆件放在某处显眼的地方，安安稳稳地躺在那里，似乎在陈述往昔的故事。

"奶奶，这明明是玉米棒子皮编的墩子，咋叫蒲墩呢？"我咬文嚼字式好奇地发问。

奶奶想了想，说道："小时候，俺听村里上了年纪的婆婆说，老早以前蒲墩原本用蒲草做成的墩子。后来啊，又用香蒲叶、麦秸子、棒子皮、稻草叶编成厚厚的结结实实的圆垫子。大家都这样讲，口口相传，就管这种坐垫叫蒲墩。"我似懂非懂地望着奶奶那慈眉善目的眼神。

奶奶持家会过日子在村里是出了名的。村里人都羡慕爷爷这个实诚人有福气，娶了个心灵手巧的媳妇。

小时候，我最高兴的莫过于放秋假回老家给奶奶拧蒲墩当帮手——挑选棒子皮。每到秋收时，奶奶都会留些玉米皮，等空闲就拧蒲墩。

柔软的玉米皮，最适合拧蒲墩。奶奶手把手地教我们，姐姐们听得仔细，看得明白，编得认真，只有我手忙脚乱，很不在行。我是男孩子嘛，学也学不会，就来凑热闹，瞎捣乱，简直就是大活宝。

拧蒲墩看似简单，做起来却费周张，很有讲究。手脚灵便的，编出来的蒲墩，使用好多年都不会坏；笨手笨脚的，手艺差的，不到一年就散架了，只好当柴火用。

"别看这小小的蒲墩，编起来可没那么容易。要有耐心。心急吃不了热豆腐。"奶奶告诫我们。

奶奶说，编要编紧，拧要拧实。打马莲结，拽紧，边拧边续。就像编麻花辫一样，编的时候用劲只用一半，留一半用衔接相邻的结上。编至适合大小时，同样方法往回收，将末端掖进辫子缝中，压死，完活。

只见一根根棒子皮细条条在她的指尖来回穿梭、上下翻飞，不一会儿的工夫，长长的小辫子就编好了。灵巧的手，神奇的手，如同武林高手对决，轻轻松松打败对手，化腐朽为神奇。

过去的农村几乎家家户户都有这样的蒲墩，不论在哪歇息，人们屁股下都会坐着蒲墩，好似将军身边的坐骑。

无论是与邻居闲聊唠嗑，还是纺线织布搓麻绳，还是做针线活儿，还是烧火做饭，村里人都习惯拿一个心爱的蒲墩，磕去上面的尘土，或盘腿而坐，或顺势坐上。

看起来其貌不扬的蒲墩，大人小孩却都把它当做宝贝疙瘩。夏天有它凉爽松软，冬日有它温暖舒适。坐在软软的、暖暖的、厚厚的蒲墩上，真是别有一番滋味在心头。

街坊邻居串门，都带着随身的家伙什蒲墩。堂屋里，庭院外，大门底下，坐在蒲墩上面，拉家常，东南西北风，张家长李家短，红红火火丰收年……

蒲墩这样的老物件，让人想起老家里乡亲邻居聚在一起的其乐融融。

051

外公是个"倔当家的"

老子在《道德经》言"善者不辩，辩者不善"。心地善良的仁者不会巧舌如簧，说出一番冠冕堂皇的大道理，让人云山雾绕，不知所云；能言善辩之人搞一些繁琐哲学，玩弄诡辩的概念游戏以迷惑他人，想必这样的人，很难做到大发慈悲，做一个仁者。普天之下，芸芸众生，拥有仁爱之心、博爱之心、慈爱之心的善者大有人在。在这里，我讲个身边的人的事，是关于我外公的，普通的故事里包含着深刻的做人道理。其实善者就在你我身边，做人的道理就在言传身教。

外公是离休老干部，在职讲原则，离休重修养，不徇私情，无论对上级领导，还是自己的部下，不媚上，不谩下，都是一样的待人处事，和蔼可亲，平易近人。外公常说的一句话就是："做人要实在，做事要公道，不怕吃亏，不要忘本！"他是这样说的，也是这样做的。

外公年轻时，曾在刘邓大军某营部任文书参谋。后来，太外婆没让他随部队南下作战，便留在了村里。因外公读过几年书，是村里的文化人，所以就被刚刚解放的区政府招去当教员。区政府刚刚成立，急缺断文识字的干部，外公再次被相中，组织上让他从事宣传、民政方面的工作。他从教书先生变成了区政府的干部。当时的老百姓都说，区政府的干部都是毛主席的好干部。这话不假，外公在政府里，一直兢兢业业，任劳任怨。

外公虽然对群众平易近人，但对自己的孩子却格外严厉。那时母亲八九岁光景，外公用自己微薄的工资给家人买了十几块水果糖。母亲是老大，首先在外公的提包里发现了"宝贝"，这是只有在春节才能享受到的福利，她像过年一样的高兴。她喜出望外地剥开一块，把糖纸夹在课本里，水果糖被分成两半，一半放在碗里让开水将它溶化，另一半含在嘴里。母亲正在有滋有味地享受水果糖的甜，陶醉于糖果给她带来的快乐。此时，外公的脸色很难看，晴转阴的脸色令母亲害怕，小姨、小舅吓得缩到外婆的身后，都不知道将要发生什么样的大事。外公铁青着脸吼道："这孩子真不像话，有了好吃的东西不是让给爹娘，分给弟妹吃，而是自己抢着吃。我平时给你讲的'孔融让梨'，那只是故事吗？自己不做出好样子，怎么带动弟妹做好！"母亲蓦然间脸通红，低着头，眼里泛出泪花。口中水果糖变成了一颗苦莲子。外婆护着母亲，辩解道："孩子小，她受不了这样重的批评，咋这样教育孩子！""你啊，越老越糊涂，从小不养成好习惯，等长大了如何做事为人。"

母亲帮小脚的外婆挑水跌倒没哭过，在生产队割麦子划破手没哭过，走着去五十多里的区政府给外公送干粮没哭过，而这次她哭了，眼里泪汪汪的。

母亲每每给我讲这段故事，脸上总洋溢着幸福，那是受教育的幸福，那是外公疼爱母亲的幸福。母亲也盼望着她的儿子，也要继承谦虚礼让、先人后己的美德。

其实，外公也很疼爱母亲，只是用一种特殊的方式尽一个父亲的责任。但外公对母亲最不满意的是，母亲违反计划生育政策要了弟弟。母

053

亲分娩需要外婆照顾，外公知道了，坚决不同意。恶狠狠地扔了一句话："不是我的孩子，不守法，以后别入我的家门。"外婆瞒着外公偷着去照顾母亲。从此以后外公不允许我们全家再进他的家门，这令母亲很伤心，为此整整哭了一夜。

外公过六十六岁生日，母亲想乘机向外公认错。我们全家进了外公家的门，外婆、小姨、小舅都嘘长问短，格外亲热。而外公的脸一直绷紧着，没有微笑，没有言语。我们全家人，尤其是母亲，像犯了错的孩子老是低着头。外婆为了打破尴尬气氛，笑着说道："老头子，咱小外甥都这么大了，闺女也诚心认错，就原谅她吧。"

外公绷着脸说道："我平时就教育你们，要学法守规。我是离休干部，群众可都盯着我们看呢！"

这件事过去了多年，母亲也念念不忘。母亲总认为给外公添了麻烦，坏了外公要求子女以身作则的规矩。单单从外公对待子女的严格要求，就可认定他是如此的铁面无私。难怪外婆诙谐地称外公是"倔当家的"。

这就是我可爱的外公，他是个善良的老头，他不懂用枯燥的大道理来教育孩子，只是用心引导，用做人支撑那无私的爱。

外公当年轶事

用说书人的口吻便可以这样开头："要说外公的轶事，首先还要唠叨一下太外公。太外公何许人也？"太外公是村里的教书先生，给村里的娃子取名字啦、替乡邻写信啦、为四亲五邻写春联对子啦，这些都是他的家常便饭。因而十里八乡的乡亲们都亲切称呼他为"秀才"。

外公便是在太外公潜移默化地影响下成长的，因此不可避免带有太外公的身影。外公也正是如此的读书，如此的行事，正如太外公一样的疾恶如仇、伸张正义，表现的正是中国传统知识分子的"达则兼济天下，穷则独善其身"的骨气。

外公年轻时，曾经参加过刘邓的第二野战军，在某营部任文书参谋。开始当兵那会儿还没有现在这样高的觉悟，只是盼望着早点结束内战，以谋生计养家糊口。在狼烟四起、战事频频的岁月里，他是幕后英雄，多次协助营长、教导员做细密的作战计划。在一次与营部一同撤退的路上，一颗炸弹在他及战友的周围爆炸。他亲眼目睹与他朝夕相处、并肩作战的战友同死神握手，他的战友成为与外公"生死两茫茫"的革命烈士。

外公大难不死,与死神擦肩而过,捡了一条命。"儿行千里母担忧",何况是在战争年代,太外婆知道了外公这一生死遭遇,每天都去村里的神庙烧香,祈祷外公平安无事。外公所在的部队要渡过黄河南下作战,临行前向太外婆道别。他是太外婆的独子,太外婆死活不让外公离家,把他反锁在家里。这是外公一生最大的遗憾,这样就与所在部队失去了联系,成为一个地地道道的"逃兵"。外公每次谈及此事,总是自责道:"千不该,万不该,不该回家道别啊!"

因外公读过几年书,是村里的文化人,所以就被刚刚解放的区政府招去当教员。外公一人同时教十几个不同层次的学生,他的学生很特别,年龄都比他这个当老师的大,多半是政府里没文化的干部、村里的农会干部和进步青年。那些干部学几个月,就要回村里负责扫盲、搞政策宣传等工作。培训班的学生一茬换一茬,如流水的兵。外公教学的积极性很高,挑灯夜战备课,有一种"气吞万里如虎"的劲头和气势。或许是对作为"逃兵"的自我惩罚,是对组织的"戴罪立功"吧!

区政府刚刚成立,急缺断文识字的干部,外公再次被相中,可谓鲤鱼跳龙门,从教书先生变成了区政府的干部,外公在政府里,一直兢兢业业,任劳任怨。

据说,外婆与外公的结合还有一段小插曲。外公骑自行车去村里搞政策宣传,在村口迷了路,是外婆给他当向导。这一问一答给双方留下了很深的印象。外婆通过外公在村里的政策宣传,逐渐认识了外公的为人。"为人正派,办事牢靠"是外婆对外公的总体评价,还是外婆有眼力,嫁了个如意郎。

外公和外婆是患难夫妻,是从苦日子里熬过来的,两人是靠同甘共苦来维系感情的,令现在自由恋爱的年轻人羡慕不已。外公总认为愧疚外婆,外婆却通情达理地说:"你是公家人,脱不开身子,我不碍事!"

"文革"时期,"保皇派"和"造反派"的斗争异常激烈。外公被人为地划分为"保皇派"成员。"造反派"当道，造反小将把外公撵回了家。他难以接受，心里堵得慌，在家里闭门思过。

"自己为革命操劳了大半生，没有犯过错啊。"这成了外公常对外婆唠叨的话。他盼着早日复出，继续为老百姓做事。后来，外公还是被"召回"区政府，直至1981年离休回家。

离休后，他又回到了阔别二十多年的老家，与外婆一同生活，为村里的红白事操心，继续发挥着余热，还是那样的"老骥伏枥，志在千里"。

真想送姥娘一双大脚

我的姥娘有双三寸金莲的小脚。那双可怜的脚啊，脚面高高隆起，脚后跟像一个馒头，下面满是老茧，四个脚趾头向下弯曲，如一块无骨肉般紧紧贴于脚掌上，只有大脚趾孤零零地露在外面，好似一个尖尖的棕子角。看了她的脚，顿时令人怜悯，直叫人喊：裹脚真残忍！

姥娘听她娘的话，七八岁就缠脚，尽管很疼很疼，千般艰难，万般痛苦。而不听话的二姥娘——姥娘的妹妹没有小脚，大脚丫子，因为她跟着姥娘的娘对着干——打死也不缠。大脚的二姥娘却没大吃过苦，出嫁到东北，吃了国库粮，领了退休金，生活安逸舒服。

姥爷家大门外很远处，有一口井，是村里的宝贵疙瘩。井台方方正正的，由几块大青石围成，井口也是方方正正的。井壁是用小石块砌成，上面长满了苔藓。无情的岁月把石头打磨得细腻光滑，人影浮动。井水清洌甘甜，养育着村里人。村里人个个皮肤白，没有黄牙根，没有大粗脖，老年人红光满面、腰不弯背不驼，年轻人活力四射，朝气蓬勃，嗷嗷叫。

姥爷在三十里外的公社上班。打水、做饭、上工、养育孩子的任务，都交给了姥娘。她小脚走路，主要靠脚后跟负重，一步三摇，煞是费力。每天清晨，天刚蒙蒙亮，姥娘就要去老井打水。她的脚小，只有一扎长，走路咯噔咯噔，一走一个坑，一步三摇晃，像只喝醉了的鹅。她没力气，只能用小桶，一桶一桶往家里提，一缸水要走十多趟。母亲很小的时候，就跟着姥娘去打水，开始和她一起抬水，七八岁就大桶、小桶一起来。母亲摇摇晃晃，从挑小桶，到挑大桶，天天挑，一天要挑十多回。村里的年轻人有时帮姥娘和母亲拔水。大多时候都是母亲用小桶拔水，然后小桶水倒进大桶里，打满了，用扁担挑起水桶。大桶在前，小桶在后，颤悠悠地朝家里走，水花一漾一漾地往上跳。井台上湿淋淋的，阳光反照，像一地的碎银闪闪发光。

姥娘去生产队干活，队里照顾她小脚，让她拨棒子、捞猪草、点棉籽。生产队经常按人头分地瓜等粮食，家里的没有壮劳力，母亲、舅舅、姨都很小，姥娘勉强成了家里的顶梁柱。有一次，队里分地瓜，别人家里三下五除二干脆利索地拉回了家。等邻居都忙乎完了，姥娘才借来人家的地排车，母亲姊妹几个装地瓜。姥娘在前头拉，母亲姊妹几个在后面使劲推。走几步，姥娘的小脚就钻心的疼。豆大的汗珠，从姥娘的脸上流下来。五十斤的地瓜，一家人忙活，从天黑就弄，一直弄到晚上九点多才回到家。

母亲说，村东头村西头，棉花地，玉米地，坑坑洼洼的路，不知你姥娘在这条路上来来回回走了多少遍。脚下的路，把她的小脚磨瘦了，磨出了茧，磨出了血。脚下的路，有车辙辘印，有布鞋印，却找不到姥娘那双小小的脚印。

姥娘家里的围墙不高，喂养的山羊都能跑出去。那一次，天上飘着鹅毛大雪，落在了院子的枯枝上，毛茸茸的一片。姥娘在屋里一直担心山羊是不是冻坏了。当发现山羊不见了，她心急如焚，披着一个薄褥子就往外跑。她学着"咩咩"叫，唤着山羊声，如同唤自家的孩子回家吃饭。地上的积雪没到膝盖，小脚的姥娘深一脚浅一脚。摔倒了，爬起来继续往上走。她走出了村子，走到了邻村，挨家挨户找。好心的乡亲都劝她，雪太大，别找了，说不定羊会回家的。姥娘不听，一定要找到。当看到自家的山羊在一户人家的大门底下"咩咩"叫，她喜出望外，不顾脚疼，不顾瑟瑟发抖，牵着羊高兴地回家。姥娘的脸，笑了，像朵花，那花上刻了一道道深深浅浅的沟纹。

　　小脚的姥娘拉扯大了四个孩子，看大了三个外孙和一个孙子。家里刚刚爬坡好过一点，她六十一岁就得了癌症，没过多久就走了。

　　姥娘，现在村民的日子可好啦，家家用自来水，耕地都用拖拉机，上地都骑着电动车，运粮都用农用车。现在村里可美啦，比城里空气都新鲜，流水潺潺，炊烟袅袅，晚霞满天，牲畜悠闲自得地喝水。

　　姥娘，我真想送您一双美丽的大脚，不再让您受苦啦……

荠菜住在春天里

芬芳飘香的荠菜，如同那嫩绿叶片上的露珠儿，晶莹剔透，在我心中泛起无尽的温暖。

那是一个风和日丽的周末，我们全家人远离城市的喧嚣，走到郊区的田野里，走进大自然的怀抱中。春天的美味正在广袤的田野上向我们招手，我们的心仿佛嗅到了花草的清香。

岳父岳母拿出备好的小铲子，忙碌起来，一起挖荠菜。女儿和妻子一阵疯玩，享受阳光明媚。空中飘来女儿背诵古诗声"城中桃李愁风雨，春在溪头荠菜花"。

春风和煦，徐徐吹拂脸颊，极目四望乡野美景，的确是一种享受。远处，柳树刚刚吐出新芽，将鹅黄与淡绿泛扬；青草绿油油，青翠欲滴如碧波层叠，将万顷大地铺就。美景春色盎然，让人心如潮涌，激情澎湃。

田野里，野花好似在上课，春姑娘小声点名：黄的，白的，紫的，红的，蓝的。野花，五彩缤纷，采一把，放在手心，攥在手里，感觉整个春天都握紧了。妻子找到无名小花，戴在女儿的头上，女儿霎时间成了美丽可爱的小公主。我也在试着找荠菜，因为晚上，岳父岳母一定会给我们包荠菜馅的水饺。

生命力很强的荠菜，叶面为长形，叶子周围呈波纹式形状。它汲取大地之灵气，接受日月之精华，历经风吹霜打，沐浴阳光雨露。它是生长在绿色的大自然中的一处温暖。

荠菜大都生长在麦田里，因此，老百姓习惯称之"麦麦菜"。春日返青的麦田里，长着簇簇相拥、鲜嫩翠绿的荠菜，空气中到处弥漫着阵阵清香，嗅着扑鼻的清香，心里都是美滋滋的。

岳父是家里做饭做菜的高手。单单荠菜，他就能做出荠菜粥、荠菜饼、荠菜水饺、荠菜窝头、凉拌荠菜、荠菜炒肉丝。岳父说，这荠菜可以蘸酱，可以凉拌，可以油炒，可以包馅，味道各异，清新、纯朴之中，带有一丝淡淡的野味。荠菜各式做法，吃着不腻，赏心悦目，别有一番滋味。岳母讲，荠菜具有开胃益气、清热止血、明目利水功效。乡下人无论老幼，祖祖辈辈都食用这种野菜。

凉拌的荠菜，往往让人垂涎三尺，食欲萌生。择好洗净荠菜，开水浸泡片刻之后，用刀切碎，再放上适量精盐、辣椒、蒜末、香油、味精、食醋、芥末油等佐料，即可食用。

荠菜团子也是一道好菜。把新鲜的荠菜洗净切碎，掺上面粉、豆面、小米面、棒子面，团成一团，放在笼子上一蒸，一盘地道的荠菜团子出锅了。

荠菜自信地率领草本家族，在绿色田野上散步。春天里，它们野性的芬芳像字母和歌词，让我们沉湎于这种民间音乐。秋天里，它们却在野蛮的秋风里老去，让我们想留恋也抓不住生命的尾巴。

我问女儿，春天在哪里，春天在哪里？

她笑着回答：春天就在小朋友的眼睛里！

我接着又追问，荠菜住在哪里，荠菜住在哪里呢？

女儿不假思索地回答，荠菜住在春天里……

我的大爷是行走的老牛

在我老家，管大伯叫大爷，管伯母叫大娘。父母都在外工作，大爷一家在老家伺候爷爷奶奶。因为我喜欢乡下的树、鸟、鱼、狗、牛，喜欢乡下的庄稼、炊烟、小伙伴，所以，每到假期就愿意回老家住一段时间。老家是我的乡村记忆，这里有我童年的余味。

大爷特别惯着自己的特殊儿子——老牛。老牛可以说是大爷家的家庭人员。它是家里的有功之臣，为全家老小的吃穿住行立下过汗马功劳，是一大家子六七个孩子上学读书的钱袋子——"小银行"。

老牛就这样一直勤勤恳恳的活着，默默无闻的奉献着，兢兢业业的劳作着。

老牛走路慢悠悠，不是在偷懒，而是闲庭信步，淡定坚定，一步一步，摇摇头，甩甩尾，驱赶蝇蚊，不慌不忙，不紧不慢。尽管这样，大爷都不舍得用鞭子打老牛。

慢性子的老牛，听使唤，讨人喜，套枷担犁头轻车熟路，不跟主人讨价还价。只要给它一把青草，不论是主人，还是其他人，都能不费吹灰之力套好犁头。它犁地很卖力气，不必时时吆喝挥鞭子，也绝不会停下来耍奸磨滑，更不会离行乱跑。只稍微勒动老牛两侧的缰绳就可以完全控制，有时甚至只需"唷……""驾……"等特殊的语言，不同声音，不同长短，老牛却似乎熟谙不已。

本家的一位爷爷说，你们家的老牛通人性，咋使唤咋行。你看俺们家的那头倔牛，套个犁头费死个洋劲，该上不上该下不下，一忽儿东闯，一忽儿西蹿，鞭子抽打折了也没用！

大爷很豪爽，赶紧给那位爷爷点上一根烟，接过话茬，大叔，甭生气，犁地耙田使唤俺家这头老牛就是啦！

大爷牵着老牛，老牛拉着地排车，我坐在牛背上，向玉米地走去。玉米棒子腆着丰盈的肚子，饱满而厚实。大爷说，一定要赶在雨天到来之前把十亩地的玉米全部收回家，不然全家人的生计就没有了着落。

大爷一家人没有时间欣赏这粗壮的杆儿，宽厚的叶儿，浑圆粗壮的玉米棒子。他们在赶时间抢收棒子，尽快把果实运到家里。我们几个淘气包专找嫩棒子秸吸甜水解馋，剥开玉米的苞衣打闹玩，在棒子秸秆中间穿梭捉迷藏，寻找可以吃的小野果子。

晌午，大爷把棒子秸扎成捆儿放到车上，用袋子装满了棒子，罗列整齐，排成一列，很快装满了车。老牛在前面拉车，大爷在后面驾车掌舵，我坐在棒子秸顶上。爬坡了，大爷吆喝，给老牛加油鼓劲儿。老牛，哞哞地叫，把绳索拉得更紧。

白天抢收，晚上也不休息。大家趁着月光，将收获回家的玉米棒子上的壳叶剥离，剥下玉米粒，放到屋顶上晒干，装进大爷亲自打造的粮仓里。几个堂姐剥棒子累极了，打瞌睡，睡到了棒子秸上。

春种夏长秋收冬藏。一粒粒汗珠摔成八瓣儿，土坷垃里掘粮食，希望的种子撒进厚重的泥土，等待和盼望着幸福平安一起发芽，一起开花结果。别看大爷胡子拉碴，却也会吼出一串带着泥土芬芳的农家歌谣，把对美好生活的希冀和向往演绎得淋漓尽致，将劳动的艰苦和生活的艰辛远远地抛在身后。

大爷疼爱老牛胜过自己。除了堂姐之外，大爷在空闲时也会背上箩筐，箩筐里有一把镰刀，走出家门去地里割草喂老牛。秋收时留下来棒子秸、豆子秸、杂草扎成把，大爷等它们都晒干后，在一处邻近房屋的透风的地方，垒成高高的柴垛、草垛，留到冬日喂老牛。

春天的清晨很安静，田边地角已成了花的海洋。牛鼻子上拴着大爷用蛇皮线拧成的绳子，牛走在前，绳子就搭在牛背上。大爷陪着老牛去吃嫩草。

数九寒冬，大爷会在牛棚里垫上厚厚的稻草，给老牛整个"安乐窝"。他甚至半夜起床给老牛饮热水，给老牛加餐——用麦饼喂它吃。他喜欢看老牛"吃饭"，蹲在一旁，卷起旱烟卷，紧吸一口烟，满意地露出憨憨的笑容。

那次，老牛病了，几天都不吃东西，躺在牛栏里，一动不动，它留恋着这片土地、这个家。大爷连夜打着电筒请来兽医，强行给它喂了许多开胃片。过了几天，老牛又恢复了往日容颜。大爷笑逐颜开，给老牛挠痒痒，好像失散多年的朋友再次重逢一样高兴。

我们的族长夸奖大爷，最好的人和最好的牛站在一起，总是有相似的地方，一样的朴素，一样的实在，还有一样的让人放心……

在大爷眼里，土地是他养活全家的舞台，老牛是他擎起脊梁的命根子。在老牛眼里，土地是它人生出彩的戏台，大爷是行走天下的老牛。在土地眼里，大爷是全家老少的定盘星，老牛是昂首站立的老玉米。

蓦然回首，我发现大爷、土地、老牛，是一样质朴的肤色……

我家小女初长成

最近，我不经意翻看女儿上幼儿园小班的成长日记，越看越忍俊不禁。看看马上就要上小学的女儿，看着她一天天长大，真令人激动而高兴。我们家长在陪伴着孩子一起成长，在感悟着一颗种子萌动发芽，在倾听着时间的呼吸和奔跑。这是不是生命的延续，是不是人生的追寻，是不是日出江花红胜火？

女儿是属虎的，是个小虎妞，但也是个小馋猫。她特别喜欢吃核桃、鱼、虾、牛肉，但不喜欢吃太蔬菜。她喜爱搭积木，喜欢看小人书，也很懂事乖巧，能文能武，说学逗唱，样样精通，是全家人的开心果！不过，有时候她也很调皮，发起脾气像个小老虎一样，有时候也哭鼻子，但是次数很少的。女儿虽然有时候早晨上学时有点闹，但当她走进幼儿园以后，就会特别的高兴了。因为她喜欢幼儿园里像妈妈一样的老师，喜欢跟她的好朋友一起学习，一起玩耍……

在幼儿园里，女儿学会了很多很多的事情。刚去幼儿园的时候，她最不喜欢吃午饭、睡午觉，但是经过一年的适应后，能够自己吃饭，然后安静地睡午觉，老师夸奖她越来越棒！她喜欢老师弹琴的样子，喜欢老师教唱歌、跳舞！还有啊，开始她不会折纸、不会做手工、不会涂颜色，老师手把手地教，拿着她的小手示范怎么折、怎么涂，后来她折的小花跟小鱼可漂亮了，她给小伞、小蝴蝶也涂上了颜色。她也特别喜欢上阅读分享的课，因为里面有好多好多好听的故事，还让她认识了好多好多汉字，回家以后她还教她妈妈识字呢！

女儿是个小书迷。她特别喜欢阅读。为了营造一个良好的阅读环境，妻子单独为女儿准备了一个简易小书房和一个小书箱。小书箱就放在女儿伸手就能拿的地方，里面放满了各式各样的幼儿读物。每次提出想听故事，她就会主动地跑到小书房，从小书箱里拿出自己想听的读物。这是她最开心最快乐的美好时刻。女儿就依偎在我和妻子旁边，认真听故事。我觉得，阅读的氛围很重要，充满书香的家，可以让孩子在温馨的港湾中体验读书的快乐，感受读书的温暖。妻子说，要让这种潜移默化地影响伴随女儿的一生。三岁的女儿重点看了《小聪仔》、《幼儿画报》等幼儿刊物。女儿在听她妈妈讲故事中，把书当"玩具"去玩，视"书"为好朋友。有时候，妻子让她试着讲故事："你讲得不错，是不是我们把故事表演一下？"妻子让女儿在游戏中回味故事，锻炼她的语言表达能力和想象力。妻子在讲故事时循序渐进地启发女儿识字。有时候，还手把手地指字读故事给孩子听。女儿听多了，看多了，简单的汉字，她就能随口而出。这就是熟能生巧的结果。这时候，妻子就有意识地表扬、夸奖，不断强化她好的习惯，这就是传递好的信息。

女儿是个小精灵。她特别喜欢轮滑。女儿学什么都是那个样子，有模有样，一学就会，一点就透，非常有灵性，聪明得很。她看到小朋友们玩轮滑玩得棒，自己就嚷嚷着要学一学。没有轮滑的时候，她就看小朋友滑，在和谐广场大厅里模仿着滑。妻子在"六一"儿童节给女儿的节日礼物就是一副轮滑鞋。女儿高兴极了。有了轮滑鞋，她就在姥姥、

067

姥爷和妈妈的帮助下，经常去广场上练习滑。一次、两次、三次……几次就学会了，几乎没有挨过摔。她才学了一周的时间，就能自己滑得特别棒，还跟小区里的小朋友们一起比赛谁滑得又好又快呢！她十分注意保护自己，分叉、前摆动、后摆动、小花样，蛮是个样子的，别人都说，这个小不点，还可以！

女儿是个小可爱。她特别喜欢跳舞。女儿是一个很要强的孩子，时时处处都比较认真，有点不服输，不甘落后。幼儿园"六一"儿童节每个班都要准备节目，参加全园的大联欢。老师让她不要请假，给她留了一个位置。白天，她在幼儿园跟着老师学动作，放学回到家就自己练动作。她宁愿不吃好吃的，不摆弄好玩的，都在家里反反复复地练，一遍接着一遍地演练。"小朋友们起床啦……"她一会跑到这里，一会跑到那里，就像小蜜蜂嗡嗡去采蜜，动作像模像样，有板有眼，很有明星范。好事难遂人愿。结果，演出前几天，因为这个节目小朋友都认真练习，没有掉队的，没有掉链子的，所以就没有空缺的。班里年纪最小的女儿没有成为"主演"。但是，她并没有告诉我们家长，还和以前一样每天自觉练习。到了真正演出的那天，女儿只有一个露脸的机会，但她却一如既往，认真对待。演出结束后，她好似意犹未尽，连续两三天把家里的客厅当舞台，表演给我们看。串门走亲戚时，她就给亲戚朋友表演一遍，再过一过当"主演"的瘾。

一年的小班生活，让女儿学到了很多。妻子又给女儿量身高了："女儿，你又长高了好多！""妈妈，我都要升中班了，不再是小班的小朋友了。长高了，我以后还要更好地吃饭、睡觉、上幼儿园，做个好宝宝呢！"她高兴地对我说："爸爸，因为我有很多很多的梦想，所以我想快点长大，长大了以后我要当宇航员、当飞行员、当警察……"

她姥爷这样对她说："你小班就要毕业了，要成为中班的小朋友了，希望你继续好好地学习，好好地表现，成为最棒的！"

她姥姥这样对她说:"看着你一天天地长大,学会了那么多的东西,懂了那么多的事情,现在都知道疼姥姥、姥爷,逗姥姥姥爷开心了,给我们带来了那么多地快乐,希望你健健康康地长大,快乐永远陪伴你!"

妻子这样写出祝福语:我亲爱的小W,我是你亲爱的M,妈妈希望你健健康康,快快乐乐的长大。我亲爱的宝贝儿,一年的幼儿园生活,在老师们的帮助下,你和小朋友们一起学会了自己吃饭、穿衣、做手工、跳舞等等好多好多事情。让我们一起记住快乐的小二班吧!你们马上就要成为中班的小朋友了,希望你们继续健健康康、快快乐乐地成长!

我在她的成长日记上写道:加油,小班的你是最棒的,希望你上中班以后变得更棒!我们拭目以待!希望你像小鸟一样翱翔天空,像小鱼一样自由快乐,像小老虎一样成为一个小班长!

呵呵,这样的小可爱,谁人不喜欢啊?

第二辑　记忆是抹不掉的

美好的回忆，如一朵五彩的浪花，在心间荡漾，泛起涟漪一片。攒金子存银子不如踏踏实实过日子。苦日子得过，穷日子得过，过日子就像流水一般静静地流淌。

记忆是抹不掉的

美好的回忆，如一朵五彩的浪花，在心间荡漾，泛起涟漪一片。这是我读完伯伯的散文集之后的感想和体会。

很多读者都深有感触地说，从散文里能读出作者为人处事、涵养品行、严谨细致和高风亮节。是的，伯伯对待工作、对待事业、对待领导、对待同志、对待师长、对待家庭，都是那样的有分寸、有尺度，恰到好处。是的，他站得高、看得远，经历考验，饱经沧桑，历经磨难，为了事业和工作呕心沥血，不辞劳苦，不惧困难；他脚踏实地，朴实无华，真抓实干，认真务实，"不能慢悠悠地干，不干则已，干就要干好，干不好就不如不干"，所从事的工作干不到全国前列，就寝食难安、食不甘味、夜不能寐；他多才多艺，理论文章写得深入浅出、百看不厌，散文随笔写得如行云流水、汩汩清泉，毛笔书法写得苍劲有力、笔走龙蛇。

言为心声，有感而发。伯伯在追忆祖父时，写道："祖父践行了我们村古有的传统美德，悬壶济世，治病救人，为我们村增光添彩。"是啊，行走在世间，难能可贵的是留下好名声。俗话说："雁过留声，人过留名。"口碑不是树立的，是心中立的，是众人评的。佛家言："救人一命胜造七级浮屠。"生命的价值，在于你失去的时候，才懂得弥足珍惜。当病魔死神相扰之时，人对死亡的恐惧是可以想象的，拼命抓住救命稻草，哪怕有一丝希望。所以，悬壶济世，治病救人，就是乡村郎中做的大好事、大善事。伯伯将祖父的对己不在乎、对人重情义的形象刻画得栩栩如生。

真情流露，不加矫饰。伯伯在追忆父母时，一往情深。父亲"忠厚老实"，象老黄牛，人品好，人缘好，是家里顶梁柱忙里忙外，独自撑起一片天，支撑着一个大家庭；爱动脑子，手艺多，见过世面，乐于助人，吃苦耐劳，忠厚朴实。母亲"聪慧"，好学上进，知书达理，处理家事从容大度，教子有方，为善行好。父亲、母亲高大的形象，跃然纸上，力透纸背。读之，潸然泪下，感同身受。父母对子女的爱是无私的，是神圣的，是无所求无所图的，是不计回报的。这让人不知不觉想起朱自清的《背影》、朱德的《我的母亲》，歌曲《父亲》、《母亲》等脍炙人口的作品。这就是真情的力量。父亲大山般的父爱，得到了举重若轻的表达。母亲在平凡中透出不平凡的伟大，点点滴滴的母爱，浓缩成一个圆点。

言辞恳切，语重心长。伯伯写读书求学、兄长情谊、恩师难忘、大学时光、带队挖河、同事友情等文章，感人至深，真情抒发，让人看到了鲁西大地的风土人情，听到了剪不断的浓浓乡音，嗅到了醇厚的乡土气息。同时，作者发奋苦读、立志成才，尊师重教，重情重义，为人真诚实在、做事严谨公道等形象，在文章的细节之处若隐若现，在字里行间中生出对人生的真实表达，在只言片语中长出对生活的丰厚演绎。读后，令人兴奋激动，心潮澎湃！

无论是国内的风土人情，还是异国他乡的记游写景，描摹精准，出神入化，移步换景，字斟句酌，令人大饱眼福，大呼过瘾，让没有去过这些地方的人，有了想去看一看的冲动和念头。虽是游记，但冷不丁在某处角落或许隐藏了一段历史的记忆，躲藏了一段令人浮想联翩的故事。有一篇是写韩国饮食文化的，描写了韩国和中国的深厚友谊，把韩国饮食文化通过故事娓娓道来，写得风趣。文化的差异，缔造了饮食习俗的不同。但是两国人民相互尊重，睦邻友好，友谊是深远的。

伯伯的很多散文是人生风雨的真实总结，是真善美的人生感悟。没有华丽辞藻的堆砌，没有吊书袋子的咬文嚼字，一切都是那样的朴实无华，一切都是那样的平平淡淡。但是，这就是人生，就是阅历。没有对人生的思考，没有经历风雨，是不可能写出这样的文章的。没有见过世面，没有经过历史考验的年轻人是无法写出这样的文章的。《七十话感恩》写道："七十岁的人生，最大的感受是什么？我回答：知足、满足，感恩。"这是他对人生的思考。感恩之心，人皆有之。"我能上学读书，应该感农业集体化之恩。"农村孩子能鲤鱼跳龙门，唯一的出路就是读书。正是由于实施农业集体化，才使能有机会读书求学。"我能够直接到基层单位工作，应该感党组织重点培养之恩。"正是由于他出类拔萃，党组织把他作为接班人重点培养，择优重用，虽然中学教师梦没有实现，但是走上更加广阔的道路，在为人民服务的道路上越走越宽。一年的"社教"工作锻炼，他认识社会，认识基层，认识群众。他常说："老老实实做人，扎扎实实做事，干干净净做官。"从黄土地走来的人，从鲁西大地走来的人，实在本分，说老实话，办老实事，是鲁西人的品格。做事严谨，为人实在，是其真实写照。作者的人生经历，还影响了一位在大学中层岗位上工作的年轻干部，动笔写出了入党申请书。"我从领导岗位上退下来后，能够颐享幸福晚年，应该感组织的信任照顾之恩。"正是他人格有魅力、工作能力强，又做过考察、督导、检查和关工委工作。"胡马依北风，越鸟巢南枝。"不热爱自己的家乡，谈何爱祖国爱人民啊，不热爱自己的故土，谈何"修身治国安邦治天下"啊！

如果说《七十话感恩》是作者人生精华的浓缩，厚重的感悟，那么，

《我六年的中学生活》则是黄金时代求学的片刻回忆，轻快的追忆。似水流年，他把人生中最美好的中学时光讲给大家听。他受教育、学知识、长见识，打下了比较扎实的人生根基，是最难以忘怀的，心底的记忆是难以抹去的。那可亲的伦老师，叫"早"声不断，"简直成了一曲美妙的歌，一句动情的诗"。老师在学生心目中的地位是神圣的。《夜读西小庄》片段描写了那个年代他和同学挑灯夜读的场景，对读书的痴迷，在小煤油灯下静静地看书，是那样的令人神往。"三更灯火五更鸡，正是男儿读书时。黑发不知勤学早，白首方悔读书迟。"现在的孩子真的有必要好好读读这篇文章，珍惜时光，刻苦读书的精神不能丢。贫困是最好的大学。这所大学让人懂得生活的艰辛，懂得生活的历练。"当泥瓦小工整整一个月的时间，我平生第一次挣得30元钱，深感来之不易。"我从中读出了泥瓦活不是那样容易干的，是非常辛苦的。高中毕业，我也曾经干过零活，给建好的房子饻地面的小活，为上大学挣点伙食费，所以，读起来很亲切，很自然。是啊，忘记过去，就意味着背叛。这句话在文章里得到了很好的体现。一个人的成长经历，影响人的一生。

真的，读伯伯的散文，正如小心翼翼地勘探一座宝藏，生怕错过最好的矿石。除了敬畏、景仰，已经没有其他的话了。

坐在父亲自行车上赶年集

　　随着春节的临近，我慢慢地抖动那过年的符号，掀开那过年的记忆。于是，心里满溢的快乐与幸福渐渐升腾开来。

　　过去的年味很浓，就像一卷泛黄的锦缎，素朴的针脚，蜿蜒着儿时的童趣。

　　年终考试成绩和家长通知书是我们小时候过年必须闯关的隘口。如果成绩不好，这个年也过不消停，战战兢兢，担惊受怕的。老师一般因为过年都会高抬贵手，给我们一个相对好一点的分数，让我们过个好年。至少在给家长的通知书上，绞尽脑汁，为我们找个放大了的优点，提笔这样写道："该生成绩优良，比较刻苦，尊敬师长，团结同学，热爱劳动……"每个人都有优缺点，老师尽量找好词好句给家长听。

　　过年啊，就像讨个好兆头。当然，老师不怕得罪学生，但怕得罪家长。村里的老师和孩子家长都是乡里乡亲的，拜年串门会碰面，如果那样的话，见到就不好说话了。成绩实在差的，也绝对不会把成绩单交给家长看。如果看了，家长保准是暴风骤雨似的一阵痛打。那么孩子只能对家长撒谎说，老师没有发下来，把责任推给老师再好不过了。

跟着父亲去镇上赶集是一件稀罕事。因为只能碰到星期天才有机会去。父亲的"坐骑"是一辆金鹿自行车（俗称大金鹿）。我有时坐在前面大梁上，有时坐在后座上。那金鹿自行车，就像现在的小轿车，不好买，很稀罕。车子坚固耐用，很受欢迎。镇驻地刁山坡集是每月二七逢集，附近的玫瑰乡驻地夏沟集一六逢集，正好错开。父母的单位在山窝窝里，我的家也安在了山窝窝里。父亲每个星期都去镇上赶集，买来一星期的肉啊、菜啊、干货啦、日用品啦。

赶年集，不仅是过年的必修课，而且更是父亲对我考试成绩好的犒赏。赶年集要比平时赶集更热闹，更喜庆。年集外的主道上，摆满了卖春联的、卖灯笼的。道路两旁铺着红红的对子，还有"福"字、门神、财神爷、招财童子……赶年集的人瞧瞧这家，看看那家，有的注意对联写的啥，有的在意对联的尺寸。谈妥了价钱，报出自家有几块木门，多少幅门画，卖家麻利地取出对子、"福"字，还搭配好"出门见喜""四季发财"，拿齐了把它们卷起来，用红绳系住递给买家。

过年挂红灯笼，寓意红红火火，寓意吉祥如意，寓意鸿运当头，寓意人丁兴旺。过年，就是过一个红红火火的吉祥年。年三十一夜交两年，辞旧迎新，大红灯笼高高挂在头顶，人在灯下走来走去，抬头便看到灯，当头有鸿运，预示着我们新年交好运。所以，这大红灯笼就成了年集上必须得买的一样年货。

半大男孩子牵挂的多是买鞭炮。离年集二三里远的时候，就听到了稀稀拉拉的鞭炮声。我的心格外着急，在车子上坐不住，恨不能飞到卖鞭炮的地方。到了集市中间，只见卖鞭炮的摊上，一个人挑着一根长长的竹竿，在空中使劲晃几晃，然后点燃，"砰砰啪啪"地响起来。另一个人手里晃动着鞭炮，敞开喉咙吆喝起来："不响不要钱了，不响不要钱了，买晚了买不到了……"

因为过年的缘故，我会给父亲提些过分的要求。因为过年的缘故，父亲也满口答应我一些所谓过分的要求。在年集上，父亲先买一串糖葫芦给我解馋。平日里，他不许我看小人书，怕我上瘾，管不住自己，耽误功课。这是有过血的教训的。但因为过年嘛，我的过分要求——让父亲给我买几本小人书，像《三国演义》《西游记》《杨家将》《岳飞》《霍元甲》。不然，我会赖着书摊不走。卖书的老头怂恿着："掌柜的，给孩子买本吧。这孩子爱看书，长大了，准有出息！"父亲拗不过我，又听了甜言蜜语，稀里糊涂地就给我买了。有了心爱的小人书，我就老实多了。父亲买招待客人春节串门的菜，立起车子，我负责看车子、看东西。他便挑菜选菜，与菜贩子讨价还价。算账的时候，父亲考验我，该付多少钱？二年级的算术题难不倒我，张口就来。父亲乐了，心想：孩子的学没白上，有点出息！

春光明媚，白云飘飘，父亲骑着自行车带着我，驮着年货，满心欢喜。其实，赶年集更像是对他全年成绩的检验。看得出来，他也挺高兴，忙忙碌碌一整年，苦也好，累也罢，总算熬出来了。

父亲常说，攒金子存银子不如踏踏实实过日子。苦日子得过，穷日子得过，过日子就像流水一般静静地流淌。

我想：年集的味道从哪里来？香喷喷的饺子，热腾腾的茶汤，一家人团团圆圆地在一起守岁。年集的味道到哪里去？生活轻轻地将所有的日子翻过，日子静静地聆听着岁月的流逝。

年味浓浓置年货

那日,重读唐代诗人杜审言的"故节当歌守,新年把烛迎",让我想起了过年。

过去年味很浓,家家户户都置办年货,孩子们都很期盼,盼着大人买炮仗、穿新衣、吃零嘴,盼着老人给红包、给压岁钱,盼着老师给个好成绩,欢欢喜喜过大年。

如果说考出好成绩,那是孩子们给家长的过年节礼。那置办年货,就是家长的责任和压力。《白毛女》有一段喜儿和杨白劳的唱词:"爹爹称回来二斤面,带回家来包饺子,欢欢喜喜过个年,唉,过呀过个年!""人家的闺女有花戴,你爹我钱少不能买。扯上了二尺红头绳,我给我喜儿扎起来,唉,扎起来!""人家的闺女有花戴,我爹钱少不能买,扯上了二尺红头绳,给我扎起来。哎,扎呀扎起来!"穷人富人过春节都置办年货,像是对一年的总结和回顾,其实更像一场精神运动。

我们 80 后清楚地记得,随着春节越来越近,过年的年味儿越来越浓,各家各户开始忙碌起来。八十年代中期父母属于三级工,一个月四十多元钱的工资。到了九十年代中期，月工资涨到了一百元多一点。母亲说，钱多就多花，钱少就少花。过年就是忙年，就是一个喜庆，图个热闹，图个团圆。母亲提前十天就在家里作准备，包饺子、炸耦合、炸丸子，父亲买年货，扫房子，扫院子，裁红纸，写春联，贴福字。

小孩们过年都会唱歌谣：新年好，新年好，快乐的新年多热闹。穿新衣，戴新帽，还要放串大鞭炮，大家一起乐陶陶。我记得，全家人在春节都会添新衣，体体面面地去给长辈和亲戚们拜年。过年时，母亲就用积攒的钱买点布回来，在家里用蜜蜂牌缝纫机给我做一副套袖，这套袖专用于写作业时套在衣服上，为的是保护好衣服。母亲做好了套袖，放起来，一定要在腊月三十那天才拿出来，作为额外的奖品奖给我。当然，正规的奖品是我的一身新衣服，母亲在年集上买的。我眼巴巴看着，手指扒拉着数日子，等着大年初一才能穿上新衣服。听母亲说，父母结婚很简单，流行的"三转一响"根本没有，就是两个洗脸盆和四个暖水瓶。自行车、手表、缝纫机，都是他们慢慢攒钱买的。母亲说，过春节跟过日子一样要精打细算，细水长流。

父母拿出工资为爷爷奶奶姥爷姥娘买烟酒糖茶，给亲戚买串门的节礼。走亲串友大拜年，不能空手，否则，被人家笑话、看不起。手里掂些年货，无非是肉、鸡、鸭、水果罐头，有的还带着鸡蛋，稍讲究一些的就带着点心。姥娘一直说果子，我与她争辩那是点心。姥娘说的果子，和桃酥差不多，甜甜的，油很多。枣糕谐音"早高""早早高中"，是过年的应景食品，给亲戚串门的回礼。

九十年代过年时，一些条件不错的双职工家庭往往会将积攒一年的工资拿出来购买一些"奢侈"年货——一台电视机。那年过春节，我们家就添了一件"大家伙"，有了第一台电视机——十七寸牡丹牌黑白电视机。这在我们小伙伴中炸开了锅，都眼馋得不得了，整天像观看大熊猫一样围着电视机转来转去，恨不能拆开卸下零件带回家里藏起来占为己有。

晚上，父亲把电视放到院子里，厂里值夜班的叔叔、厂子附近村里的认识的不认识的小伙伴们，都带着马扎子、板凳子过来看电视节目。父亲就给大人们分烟抽，给孩子们分糖果吃，就像在场院里露天看电影一样热闹。那时，我非常有优越感，哪个小伙伴对我不好，我就说，晚上不许来我家看电视！他立马就改了脾气，嘻皮笑脸地说，逗你玩呢，咱们是好朋友，晚上还要去你家看电视。

现在的生活越来越好，日子越过越红火，物质条件大大改善了，每天都像过年似的。"守岁家家应未卧，相思那得梦魂来。"那令人魂牵梦绕的年，那过去的年味，却挥之不去，像极了自己的影子，如影随形，形影不离。

雪人是丰碑

　　金猪年末迎来了第一场雪，似乎它来得太迟，来得太匆匆，好似久别的亲人进了家门又悄悄地走掉了。哎，这场雪给人太多的遐思，太多的遗憾！

　　不知怎的，这勾起了我对两年前那场雪的回忆。雪花一样的飘，但在心里却不是相同的滋味，这如同佐料相同、心情不同，饭菜的滋味却大相径庭。鸡年冬季下雪特别多，这让我们这些久违雪霁美景的人再次领略了童年的情趣，再次忆起了儿时打雪仗的画面。鲁迅先生《故乡》中"雪地捕鸟"的小把戏，想必我们的童年也经历过；看到"银装素裹"的美景，想必我们也会吟唱"忽如一夜春风来，千树万树梨花开"的佳句。

　　或许自己留意于潇洒的浪漫，而忽视了大雪纷飞中的两个雪人。我曾在两个不同的时间、不同的地点发现矗立于雪中的丰碑，它真正感动了我，在我的心中留下震撼人心的印记。

　　一个"雪人"是我至亲至爱的母亲。故事是这样发生的。按照家乡的风俗，腊月二十三"小年"之前游子要回到家里准备过年。我却是迟到的游子，是破了民俗的客乡人。母亲早已打电话催了："孩子，放假就回家，娘想你了！""妈，您老人家放心，我不在外逗留，买了年货就回家。"

猴年的"末日"就是腊月二十九那天，我办完公事打算回家。雪儿或许想刁难我这个不守家乡风俗的孩子，偏偏在我回家的时候下起了雪。儿时对雪景的好奇和激动今日早已荡然无存，抑或自己太向往归家，便诅咒这鬼天气，这不给我留脸面的"小精灵"。在回家过年的大军中，我奋力挣扎终于挤上了客车。坐在车里，我感到了一丝温暖。望着车窗外飘满大地的雪花，我仿佛乘着飞扬的雪花飞奔回家，仿佛闻到了母亲亲手烹制的木耳炒鸡蛋的香味，仿佛看到了母亲慈祥的面容。

"车站到了，该下车了！"司机的一声吆喝打断了我的思绪。我拎起包就大步流星地走下车，用微笑向司机拜年，感谢他六点半之前把我送到了车站。雪还在下，并且下得越发的紧，扑面而来的雪花使我难以睁开眼睛。我哼着歌谣，转过一个胡同，走过一座小桥，又走过一条商业街。万家灯火，喜庆祥和，一片过年的景象。路上行人拿着年货，脸上堆满了笑容，我似乎嗅到了年夜饭的香。

离家还有三十米远，我隐隐约约看到了一个人站在路口跺着脚，像个雪人，心想：在等人吧！当走到二十米时，再看那人头发被雪染成白发，俨然一座富有生命力的雕塑。当走到十米时，我开始谴责自己，当儿子的竟然没有认出自己的母亲，我大步跑了过去，"雪人"也踉踉跄跄地走了过来。"儿啊，娘把你盼来了。路上滑吧！""妈，孩子不孝，回家晚了，您都快成雪人了。我没给您买啥东西，带来1000块钱给您过年用。""娘不要你的钱，只希望你平安，回家过年就好。"不争气的眼泪，情不自禁地簌簌而下。

另一个雪人是我素昧平生、不曾相识的人。"吉祥传递迎新春，瑞雪

083

飞舞贺吉祥。"正月初八,一场漫天雨雪给新的一年带来了快乐,带来了瑞气和吉祥,同时也给交通带来了诸多不便。

　　行人在路上小心翼翼地走着,汽车如蜗牛一般在公路上爬行。胆量颇大的我居然骑自行车上班,在路口处,我再次发现了令我感动的"雪人",一位在雪中执勤、维持交通秩序的交警。望着他那颤抖的手,我油然而生敬佩之情。他俨如一座铭刻着责任和使命的丰碑,用无声的语言告诉人们法规制度的至高无上,"雪人"正昭示什么是神圣,什么是崇高!

　　爱就是欣欣向荣,爱就是涓涓细流。责任伟大而崇高,责任就是巍巍高山。如果把人生比喻为一艘航船,那么爱就是永不枯竭的发动机,责任就是指引航向的指南针。人生如此,工作亦然。

　　天底下还有许许多多和那两位"雪人"一样的好人,他们像雪景中的不朽丰碑,我给他们送去祝福,愿好人一生平安!

畅想回家

回家过年，是在外奔波的漂泊族十分向往的事情。其实，我们每天都在过年，吃的是鸡鸭鱼肉，喝的是玉液琼浆，穿的是绫罗绸缎，住的是高楼大厦，开的是私家轿车，所以我们可以很自豪地说，我们的日子过得很潇洒，很滋润。但在外过年，却好像在自我摧残，上愧对列祖列宗，下愧对父母妻儿。还是回家过年好，祭奠祖先，孝顺父母，抚慰妻儿。所以，我自己有个念头，回家过年就是一封家书。将一年的收获、童年的记忆、长大的烦恼统统写成文字，邮寄一封家书告平安，邮寄一封家书思双亲！

冯小刚的《天下无贼》在电影院火爆上映，出于对冯导演的敬仰，我孤身一人去欣赏这部由五千字的小说而改编成的贺岁片。电影院几乎座无虚席，情侣作伴来的居多，这时我忽然有一种莫名的失落感。我选择了一个不重要的角落坐下来，只有这样才能消除自己的孤独。

"贼"这个词，在古汉语中是个会意字，寓意一个人手持戈取得了宝贝，它是一个贬义词。但是，我总感觉自己更像一个"贼"，手持一张水分极高的大学文凭找到了一份令人眼热的工作。我漫无目的地观看影片，当影片放到"傻根被王薄的谎言所欺骗,通过大声唱歌来让王丽高兴"时,"离家的孩子夜里又难眠,想起了远方的爹娘,泪流满面……"歌声在耳边响起,我被歌声所吸引,所打动。

漂泊的感觉,只有游子们才能真正体验到。那种没有归宿的感觉,如同没有根的浮萍,任无情的风雨肆虐洗礼。"夕阳西下,断肠人在天涯。"马致远给后世留下了一幅游子思乡念远图。"同为天涯沦落人"是否体验过个中滋味?

夜深人静的时刻,最容易想念家人和故土。圆月悬空,孤枕难眠,遥想父母的嘱托、乡亲的期望,"载不动,许少愁",自己无法承受生命之轻,便产生了一种惆怅感,眼睛不觉有些模糊,已经分不清是在梦境,还是在追思?

当遇到事业的不顺畅,当经受命运的拷打,当行走在世间狼狈不堪之时,你不必伤悲懊恼,不必痛哭流涕,更不必谴责上苍的不公。有一剂灵丹妙药可以为你排忧解难,朋友,回家吧!快回到温馨幸福、其乐融融的故土吧!那里,你能找到精神的寄托,寻觅到生活的佐料。宋之问在《渡汉江》云:"近乡情更怯,不敢问来人。"不必为回家的勇气而黯然伤神,即使你未能功成名就,哪怕是一副蓬头垢面的狼狈相,故乡的亲人照样容纳你,母亲照旧拥抱迷失方向的孩子,为你抚平心灵的创伤,为你洗涤世间和人性的污垢。

倘若有了归家的打算,我们便不再惧怕等车的煎熬,不再畏惧路途的跋涉。我们无需负载沉重的行李,更不必拖着疲惫的身躯,因为我们归心似箭,一切都不能阻挡我们前行的步伐。在久盼的归程中,思乡念家的情思如一缕缕薄烟,在空中慢慢升腾;如一丝丝细雨,滋润着快活的心田;想象的翅膀早已越过千山万水,飞越时空的阻隔;想象的鸟儿早已停驻在魂牵梦萦的家园柳枝上歌唱!

电影在放映,我的心却飞回了家……

母爱无私

  邻居家的阿姐,给我讲了一个故事,是关于她为她母亲过生日的事。我感觉很有生活情趣,把这一故事献给天底下所有勤劳善良的母亲,愿她们永远幸福和快乐!

  阿姐母亲的生日快到了,她为了给母亲一份惊喜,与全家人商议给她母亲过一个特殊的生日,来聊表孝心。她的丈夫鼎力支持,她的儿子认为:让姥姥高兴便是妈妈最好的"乖"。她们三人瞒着母亲"兴师动众"来到大型超市,转了大半天,挑选了一大堆熟肉、鸡鱼、做菜的配料,还精选了一个生日蛋糕。

  为明天母亲的生日,晚上阿姐做好了所有的准备工作。青菜洗好,放入冰箱里;公鸡清肠破肚,鲤鱼也停止了呼吸,用她可爱儿子的话来说,鱼儿睡着了。

  害怕起床晚了,阿姐把闹钟定至五点三十分。一切准备就绪,可以安心睡觉了。可是,她辗转反侧难以入眠。"万事俱备,只欠东风。"阿姐心想:该给母亲做她最喜欢的饭菜啊,自己还不曾知道母亲到底喜欢吃什么呢！她努力打开记忆的宝库，搜索流金岁月，寻觅童年的往事。

阿姐记事的那会儿，家里穷得掉渣。大白菜梆子是不允许丢掉的。阿姐的爷爷年事高了，牙齿"下岗"，所以他享受着全家最高级别的待遇——吃用自家产的鸡蛋炒白菜。她们兄妹三人与父母一同吃"白菜全席"，白菜心子拌凉菜、白菜梆子熬菜汤、白菜根子腌咸菜。爷爷总是让阿姐姊妹先尝一口。只有生病了，她们兄妹才能拥有同爷爷一样的待遇。阿姐的母亲却专门挑白菜根子咸菜，而且吃得津津有味。偶尔母亲也给她们兄妹煎咸鱼吃，那鱼儿是阿姐在村口的小河里捉到的战利品。

1990年的一场大火烧毁了阿姐全家收进场院的二十亩小麦，那些小麦可是她们全家人的命根子，是她们兄妹三人上学的钱袋子。阿姐的母亲无言了，半天只说了一句话："再穷也要让娃子们上学。"那年冬天，天寒地冻，别人都吃白面馍馍，阿姐家只能以地瓜为食，这时地瓜成了母亲的最爱。阿姐的父亲自责道："都怪我没有在场院里睡觉，要不……"阿姐的母亲安慰道："没啥子事，吃地瓜不是很好吗？人家富日子还当穷日子过呢，何况咱家暂时还有难处啊！"

后来阿姐家生活条件好了，阿姐鲤鱼跳龙门，考上学，毕业分配在县城上了班，结婚后有了儿子，阿姐把在农村的母亲接到了县城。替阿姐带孩子，操持家务，又成了阿姐母亲的主业。阿姐母亲总说："年纪大了有福气，沾了女儿的光。"

阿姐搜遍了脑子里所有的记忆，也没有寻觅到她母亲的最爱。早上，阿姐起了个大早，母亲已起床了，还是"老毛病"——享不了清福。"妈，今天是您的生日，您想吃点儿啥？"

"傻闺女，我在这儿天天像过生日，我还喝小米粥。妈不图这个。"

原来，阿姐母亲不图吃不图穿，只图女儿幸福，只图全家人和睦！阿姐明白了做母亲的无私，做母亲的坚毅。

阿姐回到儿子的房间，在他可爱的脸蛋儿上亲了一下，阿姐决心要像母亲一样给儿子更多的关爱！因为母爱无私！

为人厚道，天地宽广

单位照顾我这个刚刚参加工作的年轻人，特意给我两间平房居住。偌大的房子不仅令我的同学羡慕不已，而且也让我兴奋得手舞足蹈。

为了给房子增添一些生机和活力，给我的安乐窝点缀一些亮色，我决定去黄河路旧货市场淘金。读书人可以没有"阿堵物"，但不可以缺少书，更不应该无放书的书桌。但自己就缺书桌，为了满足自己的虚荣心，自我标榜一下读书人的身份，买一张旧书桌吧！寻觅了大半天，相中了一张由东北上乘的红松木制作的，抽屉有点褶的书桌。

与老板砍好了价，交了款，验了货，但老板不承诺送货上门，恰好路旁有一个开三轮的，一个看起来五十多岁，在寒风里瑟瑟发抖。我大声吆喝了一句："开三轮车的，过来一下。"当话说出口的时候，我才意识到对人家有些不礼貌。只见他发动了车子向我驶来，笑着说："小伙子，拉旧家具吧！""我买了一张旧书桌，搬运到军休所，要花多少钱？"那位师傅熄了火，说道："三块钱，帮你搬到家里。""啥，三块钱，贵了吧？""小伙子，就这个价，下岗工人混饭吃不容易。"

师傅三下五除二就把书桌搬上了车。师傅的帽檐没扣好，寒风吹得他直打颤。"师傅，你可要……""我明白，我这人说啥算啥，不坑人，做人实在！"

我心想：别表面说得好听，背后又搞另一套。这年头，啥人没有。你讲信义，说不定人家却背信弃义呢！

"小伙子，等烦了吧。路上堵车，开得慢点。我顺路买了一桶散酒。""生活不错，还打酒喝。"那师傅停下车，把书桌搬了下来："自己不尝，孝敬老爹的。今天是老爷子的七十八生日，我答应给他买一桶散酒。"从他堆满笑容的脸上，我读懂了什么是幸福。他顺手拉了一下抽屉："这书桌不错，但抽屉……有工具吗？"我从邻居家借来修理工具，他有板有眼地做起了木工活。我开头怀疑他是大骗子的想法被他的一举一动所改变。

我问起了他下岗的生计问题，他的话匣子一下被打开了。我才了解到他的不幸遭遇。两年前在国棉厂上班，因企业减员而光荣下岗，妻子多病，要照顾七十多岁的老人，日子过得紧巴。"下岗的开三轮不容易，挣钱很辛苦。"望着他那满脸的皱纹，我想到了自己父母的艰辛，想到了下岗父母挣钱的辛苦。"小伙子，修好了。""大叔，你有孝心，给老人家买酒喝，你是好人。我当初怀疑你……""咱做人都该厚道本分。"

我让他拿着五块钱，算是我送给他的感谢费。他死活不要，又扔下了两块钱，蹬上三轮车，一溜烟开走了。

望着三轮车远去的背影，我仿佛认识到自己是如此的渺小，那位师傅是如此的高大。

他用一种无言的行动告诉了一个做人的道理：做人诚实，厚德载物；为人厚道，天地宽广！

照片里的温暖

最近,翻看伯伯的影集,有一种重温历史和过去的念想,有一种拜读照片主人悠悠往事的冲动。掩卷沉思良久,愿意写几句话,不怕点评不到位,不怕遗漏关键之处,就当作读后感,来为伯伯的影集鼓鼓掌,点个赞。

"天地者万物之逆旅,光阴者百代之过客"。在浩瀚无涯的历史长河中,我们都不过是匆匆过客,翩翩飞鸿。虽然俯仰一世,来去匆匆,人们都还是希望能留下点什么。这种以照片的形式,呈现工作往事、生活历程中的点滴,展示退休生活的老有所学、老有所为的片段,再现家庭成员的音容笑貌,便是最好的纪念。这是对人生的归档与整理,是对人生的高度、工作的深度、生活的厚度的收集与保存。

在伯伯的人生百宝箱中,我们能够看到他多彩的珍贵记忆、丰富的人生足迹。生活之旅途,会遇到有缘分的、志同道合的人,会有形形色色的见闻感悟,这是人生中弥足珍贵的财富。一张照片,面对镜头的是活生生的人,背后有种种故事,或多或少地反映社会的变迁。它们比文字的记录、总结更有力量，更加形象，更有说服力。把这些照片整理起来，留住一些值得纪念的历史瞬间，为党史研究提供一份形象资料，为牵挂之人献上一份真诚的礼物，是何等的惬意！

伯伯的读书经历对于出生四十年代的老同志来说，或许感触都是相同的。当时生活条件特别艰苦，多是边劳动边学习。吃过的苦，遭受的罪，受过的难，是现在的年轻人难以想象的，这些也是对我们进行艰苦奋斗教育最生动的教材。他无论是参加"四清"工作、高校负责办公室工作，还是后来在省委组织部负责党务、分管干部工作、老干部工作，都是兢兢业业，默默无闻，勤勤恳恳，无怨无悔，甘当人梯，为他人作嫁衣裳，这是难能可贵的。刚刚退休后，他又从事关心教育下一代的工作，为更多的孩子做贡献，成为继续为党和国家奉献的延续。这种延续感动着周围的人，影响着身边的人。真正回归到家庭，他没有闲着，读更多的书，写更好的字，看更远的风景，听更多的人和事，想更大的中国梦……我想，留下记忆的痕迹，拿出来"晒晒"当初的幸福，应该是人生的一大愉悦之事。

伯伯常说，自己的进步是沾光的，父母花钱送学堂不能忘，老师费心思教文化不能忘，组织信任让干工作不能忘，领导关心进步成长不能忘，老伴家人全力支持不能忘……是啊，他为人有玉一样的品质，做事有磐石一样的作风，胸怀有海一样的广阔。

想把一段历史看清楚，说明白，需要放到更长的历史背景上。伯伯所选照片，是近七十年中国的思想激荡、社会变迁的真实读物。听他说，整理过去的照片，如同看了一场电影，每一张照片都讲述了一段历史，述说了一个故事。查找照片、收集资料，虽然颇为辛苦，但却时时有快乐和欣喜相伴。整理编辑影集的过程，就是回顾小结人生旅程的过程。看着这些色彩已经黯淡的老照片，能够回忆起那激情燃烧的岁月。我相信照片的历史和人文价值，是我们这一代年轻人所渴望的。

风景就在身边

　　那天清晨,一抹可人的绿色在阿风家的窗前绽放。过去,阿风总以为风景应该是名山大川、才子佳人。但改变阿风初衷的,是家里那盆小小的锦兰,是它教育了阿风。原来,真正的风景是身边的花花草草、凡人俗事,风景就在身边!

　　奶奶喜欢在家中种一些花花草草,来点缀房间,增添温馨。在阿风的窗台上,便摆了一盆绿萝和一盆锦兰。锦兰的叶子出奇得绿,让人生出爱恋之意。清晨几滴细小的露水静静地凝在叶子上面,好似在低声吟唱,美丽极了。可是,奶奶却拿着一把细小的剪刀走了过来,只见她用剪刀轻轻地将锦兰的叶子一片一片地剪下,直到一片叶子也不剩,才停了手。好像对一只美丽的孔雀作了一个无情的"手术"——把人家剃成了个秃子!转眼间,锦兰的美丽消失了,似乎在哭泣。几片碧绿的叶子静静地躺在泥盆里,已没了一丝生机。阿风诧异起来……

　　阿风十分不解地问奶奶:"那些美丽的叶片多好啊!为什么要剪掉?"慈眉善目的奶奶笑了,抚摸着阿风:"孩子,等等吧,过一段时间你就会知道啦。"回答得这样平静，就像安静的湖水，没有涟漪。阿凤更诧异了……

几天过去了，锦兰依旧只有光秃秃的茎，无精打采的样子，让人生厌。而锦兰旁边的"小伙伴"——绿萝却显得更加碧绿了，长长的枝叶垂到地面，微风拂过如绿色的瀑布般一泻千里。一抹阳光映照在它那相互摩挲的碧波的叶片上，反射出点点的星光，令人陶醉，有相看两不厌的感觉。而锦兰依旧光秃秃的，看不到它丝毫的笑靥。真是冰火两重天！

之后，阿凤便不再关注那株小小的锦兰了，只在闲暇时欣赏那盆傲人的绿萝。不经意间，有一天阿凤发现锦兰的叶完全地绽放开来，终于露出了它本应有却更加漂亮的笑靥，仿佛一夜成名，孕育了很长时间，终于爆发了她的美。这种美，凝结成窗前一道最靓丽的风景。那嫩绿的叶，散发出些许淡淡的馨香，一直流淌到阿凤的心田。可是，阿凤原本喜爱的绿萝此时却有了些枯黄，没有了精气神，生病了吗？阿凤越发地诧异啦……

最疼阿凤的奶奶，了解阿凤的心事，解开了阿凤心里的结。她轻轻地拍拍阿凤的肩膀说："锦兰只有失掉那些养分多的绿叶，才会长出如此好看的嫩叶。先前绿萝现在却比不上现在的锦兰。"

听了奶奶的话，阿凤似乎明白：舍得舍得，有舍才有得，有得必先舍，不丢到包袱，就不能前进，不脱胎换骨，就不能获得重生。锦兰的重生，是舍得的结果，是孕育生命的过程，是奋斗的足迹。这正如"中国梦"虽美，不脚踏实地，不持续奋斗，也难美梦成真！

阿凤悟出了一个道理：风景处处在，风景时时有，风景就在身边，关键是赏景者的发现、感悟和思考！

一碗八仙粉的温情

在热锅里盛入大半碗猪骨头熬成的高汤，汤沸腾后放入猪瘦肉片、鱼片、鱿鱼、鸡肉丝、熟鹌鹑蛋、香菇、黄花菜、新鲜时令蔬菜，猛火煮沸片刻，再倒入带有韧性的新鲜切粉，待锅里汤水再沸后加少量香葱、香油、盐、味精等……这便是地道南宁八仙粉的制作步骤。每每给亲朋好友下厨露一手这道菜，我就想起了师傅——"阿桂粉店"的老板娘。

我和大李是很铁的大学同学。那年暑假去南宁游玩，还美其曰要看一看祖国的大好河山，尝一尝各地的风味小吃。不放心的大李问："咱们去哪里玩啊？"我早已在网上提前备了课："南宁好玩的地方多的是，有青秀山、隆安龙虎山、德天瀑布、友谊关。据说青秀山是蛮好的。董泉、撷青岩崖刻、龙象塔、塔影天池、千年苏铁园……那泰国园全是泰国风貌，不出国门，就能领略异国风情，真叫一个好！""和你一起就是省心。你简直就是'智慧宝典'。"

我们在青秀山观看了壮族姑娘和小伙子表演的"板鞋舞"。男女青年混合搭配，三人一组，穿着六只近两米长的板鞋，踏着优美的旋律走走停停，同穿一对长板鞋赛跑，步调一致，同心同行，时而险象环生，时而风趣搞笑。随着乐曲的转换，他们欢快地跳起了现代三步舞。看着他们协调一致的优美舞姿，我们鼓掌致谢，直呼过瘾。

秀色可餐的青秀山虽好，但我们的肚子不允许了，因为我们都是典型的吃货。走在南宁繁华的市区大街上，看着囊中羞涩，我们只能选择特色小吃店。这也是我们旅游的规定动作，玩到一处，吃到一处，吃遍天下无敌手。

大李指着"阿桂粉店"，便嚷嚷道："就是这家啦。"我打量着前来招呼的老板娘，汗水浸湿两鬓贴在脸上，看起来有些疲惫，但是两眼却非常有神采，岁月的风霜在脸上刻下的沟壑却掩饰不住她曾经的美丽。她满脸堆着笑，殷勤地说道："欢迎，请快进来吧！小伙子，我们这里有老友粉、八仙粉、干捞粉、卷筒粉、生榨米粉，不是正宗的南宁小吃，不收你们的钱！"她一口气说了这么多粉，听着都让人眼花缭乱，把我们都说懵圈了。"就来两份八仙粉，瞧着名字就眼馋。""好勒！八仙粉是清宫菜，因其配有山珍、海味、时鲜八味，取得'八仙过海，各显神通'的意思。""我老公做八仙粉很地道，这是我们的招牌粉。"老板娘讲起来头头是道，哒哒哒，说话如机关枪般一个磕巴儿都不打。

"叔叔，这是你们的汤。"一个脸蛋红扑扑十岁光景的孩子，端着碗小心翼翼地走了过来。那双布满真诚的眼睛，看了让人心静如水。老板娘喊了一声："孩子，快去写作业。"小男孩一溜烟，跑到收银台旁边的小凳上，捧起了书，摇头晃脑读着什么。后厨里，老板忙得不亦乐乎，水龙头"哗哗"和水盆吵架声，煤气灶"噼里噼里"，油"滋滋"地跳舞声，铁铲"叮叮"翻炒声……看这场景，我陷入了沉思，想起了爸妈在厨房为我一起烧饭的交响曲。

热腾腾香喷喷的八仙粉放在桌上，舌头在嘴里翻江倒海。虽不是珍馐美味，饕餮大餐，但早已垂涎三尺，垂涎欲滴，只将食粉致神仙，足足让我们这次南宁之游不虚此行。粉韧爽口,柔韧爽滑,味极鲜美,香酸脆甜咸把握有度,恰到好处,鲜滑清爽,食而不腻,简直赛过活神仙。"食不厌精,脍不厌细。"其实做菜就如做事,需井井有条,有条不紊,按部就班进行;做菜犹如做人,要把握分寸,拿捏有度,讲究中庸之道。

我们不顾难看的吃相,呲溜呲溜,尽情地享受着人间美味。但出于好奇,还不忘跟老板娘搭讪,刨根问底地打探八仙粉的制作工艺,询问粉店的生意如何。原来他们来自东兰,同韦国清将军是壮族老乡,为了供养在广西大学读书的大女儿和在老家上学的小儿子,舍家撇业,远离故土,在外奔波,赚钱养家糊口。大女儿很争气,勤工俭学,成绩一直名列前茅,小儿子没办法,只得留在老家,跟着老人生活,只有放暑假来南宁,一家人才有短暂的团聚。老板娘说起这些,眼神分明坚定坦然,听不出一丁点的忧伤。"只要挺一挺,挨一挨,好日子会来的。很多事,都会过去的。比起盖高楼的瓦工、钢筋工的辛苦,这又算得了什么呢。我们全家人知足……"在她眼里,这个世界是清澈的,生活是平静的。我们听着听着,有点不好意思,有些自愧不如,心里不是滋味,真不忍心让她再说下去。明明生活不易,却充满自信,怎不让人佩服呢?临离开前,除了付了粉钱,我还偷偷地塞给小男孩五十元钱,让他买本书好好学习。就这样,我俩头也不回地跑出了粉店……

"好险,好险!终于跑出来了。我给小孩五十元钱。"我对大李说道。"哥们,你做得对。"当准备奔向另一个景点的时候,我一摸口袋,才意识到手机丢了。"糟糕,完了,完了,我的手机可能落到粉店啦。"当时,跑得太慌慌张张,粗心大意,放到一旁的手机没有带。我和大李急急忙忙原路折回,心里直犯嘀咕怎样跟老板娘说这事,又担心手机可别丢了。

当我们气喘吁吁地推门而入,老板娘却先开了口:"手机放到袋子里了,给你们准备了几份八仙粉的调料包,回家好给你们家里人试着做一做。你们的心意,心领啦。这钱,不能要。我们现在很好,靠祖传的手艺能养活全家……"接过钱，我们不知道该说什么才好。应该感谢人家捡了手机归还，感谢人家给我们的礼物。太阳照耀大地，大地养育万物，万物滋润生命，那是温暖的力量；人与人之间的真诚，人性的率真和善良，那是温情的力量。原来，壮族老乡同我们山东人一样淳朴实诚、憨厚实在。

十多年过去了，每当路过各式各样的粉店，我就想起来那"阿桂粉店"，每当吃起花样繁多的粉儿，我就记那难忘的八仙粉。

那一丝温情，一缕阳光，让人回味无穷……

讲故事的老奶奶

村里的老奶奶在碾磨前坐着马扎,我们一群孩子正围着她。大虎、小猫、赖狗、栓子、小福子等像雏鸡争抢粮食,都嚷嚷道:"老祖宗,快讲故事啊,俺们都愿听!"从她爬满额头的皱纹里,我们认定她老人家是村里的活神仙,能掐会算更会讲传说故事。

老奶奶不慌不忙念叨着:"好孩子,只要你们愿听,俺就给你们讲!"

小福子扯着老奶奶的袖子撒娇:"您知道的真多,故事讲也讲不完。"老奶奶摸着他的头,开心地说:"你是聪明的孩子,爱动脑筋,奶奶疼你,喜欢你!"

栓子撇着嘴,抢白道:"老祖宗,我才是您的小尾巴呢!我愿意永远跟着您,时时刻刻不离开您。我要您给我讲一辈子故事。"

"傻孩子,人人都会生老病死。我不可能长命百岁。所以,你们都要好好读书,书里面就像一座宝藏,等着你们去寻宝呢。"奶奶笑得合不拢嘴。

大虎有些不耐烦了,直嘟囔:"老奶奶,该讲北斗七星和月亮的传说啦。我们等不及了……"

"好，好，好！俺讲。话说北斗七星，是天上的七位天兵天将……"

这时候，我们都一边抬头望着天空中眨眼的星星，一边欢欢喜喜地听老奶奶讲，还时不时地追问：星星怎么不会像苹果一样掉下来呢？星星害怕下雨吗？

"这个问题，俺也不知道。你们可以去看书，答案都在书里。"

浩渺的夜空里会有无数的宝藏。这时，我们都有了要读书的念头，寻思着要把心里无数好奇的问号，一一找到自己想要的答案。

赖狗听了一个又一个，津津有味，不愿回家："再给我们讲一讲年兽的故事。"

"要说年啊，这里头可真有个说法。孩子们，仔细听好了。"只见老奶奶泯嘴笑，乐呵呵地说，"咱们的老祖宗把年的来历一辈儿又一辈儿的传了下来。俺的奶奶告诉俺，俺再传给你们。你们这些小崽子要把过年的好做法、好传统代代留传下去。别给俺弄丢了！"

老奶奶砸了砸嘴，慢悠悠地往下讲："年原来是一个大怪物，长着一双绿眼睛，额头秃秃的，有牛魔王的角，有东海龙王的须，体型壮如牛，力气大得能搬动山。平时在大山里呆着，一到村里人把粮食收到囤里，寒冬腊月天，它就出来捣乱。这个怪物也不吃鸡呀、鸭呀，专管吃人，弄得乡亲们人心惶惶的，都不敢在村里呆着。有个大胆的小伙子，把玉米棒子秸、棉花秸放在一起烧，边烧火边叩头作揖，念叨：'老天爷，救救我们！把这个大怪物赶走吧！'烧火时的噼哩啪啦声响把'年'这个大怪物吓得掉头就跑，从此大怪物再也不敢来村里祸害人了。这个小伙子发明了炮仗，村里人很快传开了。每到这时候，村里人就放炮仗，给老天爷、老祖宗上贡品，祈求'年'不再害人，不再伤人。"孩子们听完了老奶奶的故事，都好奇地问大怪物现在藏在哪里，既害怕不曾谋面的大怪物，又高兴过年时能放鞭炮。

关于年的故事，就这样永远留在了我们的记忆里。讲故事的老奶奶现在已经作古，以前坐在磨盘前聆听故事的孩子都长大成人了。

有关年的故事在不同的地方有不同的版本，但我自己总认为老奶奶讲的故事是对年最经典的诠释。或许因为老奶奶是村里的老祖宗，她对过年给予了太多的留恋和回忆。现在又想起了她老人家蹒跚走路，又想起了她过年分给我们的奶糖，又想起了爱讲故事的老祖宗，又想起了小伙伴争抢着给她磕头的场景。

"要把过年的好做法、好传统留下来，传下去！"老祖宗的这句话一直浮现在我的脑海里。这平实的话语流露出她老人家对过年的珍视，流露出她老人家对子孙后代的牵挂。

年年岁岁花相似，岁岁年年人不同。作古的老奶奶在九泉之下一定会高兴，她后代的日子越过越红火，生活每天都有好光景，天天像过新年。

除夕之夜，我要给老奶奶上三炷香，嗑三个响头，告诉她炎黄子孙尽享着天下太平，尽享着美好生活，享受着过年的阖家团圆，享受着家和万事兴！

老牛，我想送你几句诗

你把头埋得很深，因为在亲吻这新鲜的泥土。

你拖着沉重的犁，把土浪翻卷，在绵绵密密的春雨里编织着颗粒归仓。

你累了也默不作声，月光为你梳理伤痕。

你站立很久，望着前方的蓝天白云，不再担心秋的收获。

你的活，你的死，都在挣扎，都在憧憬，或许你把幸福深深埋藏，或许你把心中的痛苦独自吞咽。

你就是我心爱的老牛。

——题记

牛是我老家鲁西一带村里人的宝贝疙瘩。

牛同土地、庄稼一样，是庄户人的命根子。

上小学时，每年过麦假、秋假，我都欢欢喜喜地回老家呆上十天半个月。这段时间里，我可以任性地玩耍，没有父亲的严管，没有母亲的絮叨，不必担心检查作业，不用考虑看书温习功课。其实，我最在意的是，在老家，有我的好伙伴——老黄牛。

老牛一身淡黄的毛，夹杂些许白花毛，尾稍雪白，头顶雪白。

老牛的灵气，全集中在它那又黑又大的双目上。老牛的眼睛，总是那么湿润，双眼皮，美丽的，大大的，睫毛长长的，善眨动，那眸子天真黑亮。

老牛吃得很简单，除了草，便是草。随意薅一把草，它不嫌弃，津津有味，咀嚼"豁豁"声，由远及近，飘了过来。

我原以为牛粪很脏。其实不然，未经发酵的牛粪是没有臭味的。牛粪是良田的好肥料。

每次跟着大爷下地，都是最高礼遇——大爷让我骑老牛。他把我抱到老牛身上，骑在老牛的后半部分，不硌屁股，走起来又平稳又安全。

大爷牵着老牛，我骑在老牛背上，老牛还拉着车。村里的长辈看到我，总问，这是哪家的后生？大爷呵呵回答，我大侄子！放假啦，回来住几天。

我见了村里人，不知道称呼啥。大爷让我喊爷爷，我就喊一声爷爷好；他让我叫老爷爷，我就叫一声老爷爷好。其实，我根本对不上号，不知道咋称呼人家，害怕叫错了辈，让街坊邻居笑话。

穷大辈，穷大辈，越穷辈越大。我们家在村里是小辈，逢人多高喊长辈。一起玩耍的都要喊小叔叔、小爷爷，我却腼腆叫不出口，都是小孩子，凭什么辈比我高，还是直呼姓名，小孩子不太计较这个。

老牛的脚印很浑厚，厚实，实在，给人一丝丝温暖。这种美妙的感觉，就如爷爷在田坎上抽着大烟袋候着眼前的收成那样踏实，就如父亲听到奶奶亘古不变的千叮咛万嘱咐那样结实。

远处蛙声一片，老牛的脚印里积满了水，变成水洼。蝌蚪得意了，那是它们的乐园，是一片湖，蓝天白云的倒影打着转。

望着老牛的脚印，我似乎走进历史，这不是古代帝王的玉玺印章吗？老牛的脚印，那是用全身一半的重量镌刻的，笃实，笃定，深刻。我看不起帝王的印章，明显痕迹浮躁、轻浮、轻佻，在汗青上想不朽，狂妄，做作。

　　老牛根本不会在意自己留下什么，更不会在意自己的脚印歪歪斜斜、深深浅浅。它闷声走路，踏踏实实，实实在在，一步一个脚印，没有功利，没有遗憾。我暗自佩服老牛了。

　　田间河边到处是青油油碧绿绿的嫩草。我和堂姐把老牛拴好，让它大饱口福，大快朵颐。我给小伙伴讲王二小放牛的故事，讲王冕放牛作画的故事。十岁的王冕一边放牛，一边用树枝在沙地上画画。大家都陷入了沉思，想象着同王冕一样边放牛边画画，那又是怎样的一幅山水人物画呢！

　　三五成群的我们，在河里凫几圈水，摸几条鱼。尔后就给老牛挠身子，逮虱子。老牛似乎很陶醉，很安详，尽情地享受此刻的舒适。当你喂它青草，它用那有力的大舌头舔你的手掌，软软的，痒痒的。

　　红轮西沉，夜幕将至，堂姐和我一起牵牛回家。吃得圆鼓鼓的老牛，凝视我俩片刻，摇摇头，甩甩尾，又慢悠悠地走起来。

　　堂姐喂牛很地道，给牛每天吃多少草，拌多少料，一清二处。她经常从田埂上割回嫩草喂它。庄稼地里收获后的棒子秸、豆子秸、高粱杆，也统统是属于老牛的美味。

　　那次，我跟着堂姐学喂牛，跟着她走进牛棚。喂牛有啥好学的，不就是端一筐草，倒在牛槽里吗？老牛很大声地打了两个响鼻。我似乎明白了老牛对我很不满，很有意见。

　　"小弟，你应该这样……"堂姐用双手把稻草从牛槽里小心翼翼地捧到筐子里，从稻草里挑出几片纸和几个小石块，仔细地搜捡了好几遍。又把稻草倒在一个大盆里淘洗，再控干净了水，才重新倒在牛槽里。堂姐为老牛准备三餐如同举行一个神圣的仪式，像极了过年给财神爷上贡品，虔诚，敬畏，恭恭敬敬，规规矩矩，没有一丝怠慢，没有一丝马虎。我暗暗为堂姐竖起大拇指。

堂姐拍拍老牛的背，说："乖……吃吧，饱饱的吃吧！吃饱了好下地干活。"老牛似乎真能听懂堂姐的话，对着她眨巴了一下眼，慢慢嚼起来……

渐渐的，老牛和我成了好朋友。我在作文写过老牛，还被老师表扬，称赞作文描写生动，感情真挚。

几年之后，我又兴高采烈地回到老家。当我径直地跑到牛棚去看老牛时，空荡荡的牛棚只剩下缰绳。我惊呆了。怎么回事？能听懂我讲故事、唱歌的老牛去哪里了？它到底去哪里了？

大爷沉默良久，回答道，你爷爷得了重病，需要住医院，咱家钱不够，没法子只能卖老牛应急。

我心里一酸，好难受，老牛的命运会怎样，不知不觉间热泪盈眶。

老牛，你原本是故乡的一道亮丽风景，现在却不在了，我就送你几句诗吧……

那年，伯伯在农村挖井

有一位伯伯给我讲述了他参加工作的往事。我听后，很受教育，也很感动。

那是1965年，伯伯受地委派遣，和八位同志组成驻村工作组，到一个叫十里铺的村子开展社会主义教育运动。进村后，伯伯先找村支书等村干部了解乡情村貌，又拜访有威望的族长、大辈分的老人听取意见，尔后召集小队长、党员骨干、村民代表开会。那时开会都在露天的场院里，大家坐着马扎，你一言我一语，清清爽爽，真话、大实话、掏心窝的话在空中回荡。同时，工作组又两人编成一小组，白天走到地头，帮乡亲干农活，联络感情；晚上走进农户家里，坐在炕头，拉家常，唠唠嗑，增进感情。

经过比较细致的调研摸底，伯伯带领工作组把村里的实情摸了个底朝天。村集体经济十分薄弱，没有副业，除去集体土地之外，其他财产趋近于零，真是马勺当锣打——穷得丁当响。村里没沟没渠没机井，只能靠老天爷吃饭。俗话说，人生三件宝，丑妻薄田破棉袄。村里的群众没有经商做小买卖的老传统，仅凭着几亩薄田在土里刨食，孩子们围着大人团团转要吃的，上顿不知道下顿的饭，一年到头吃不上几顿大白馍馍。村里穷啊，村民苦啊！当然，村里也不是一无是处，唯一的优势——土地比较宽裕，每人平均三亩多，地势比较平坦。伯伯心里有了小九九，不能再让老天爷难为乡亲了，要找出路，找活路！工作组与村支部商量确定，抓住农田水利建设这个牛鼻子，发动群众打井抗旱，打好粮棉稳定增收攻坚战！

三九酷寒，寒风刺骨。大地冰封，北风呼啸。一股股寒流逼不走工作组，一天天的大雪打不垮乡亲们打井的决心。村里锣鼓喧天，热火朝天，群众性集体打井开始了。乡亲们搭起了滑车架子，一副"战斗"准备，手里的镐头在劳动号子声中不断地啃噬着坚硬的土壤。伯伯和村民一起拉滑车，从井下往上吊泥土。当满满的泥巴被拔上来，看到战利品，村民们甭提多高兴啦。每间隔半小时，就要替换一个人下井。看到挖井的村民上到井口时，扑面而来的寒风，给人一个下马威，把人冻得直发抖，不停地打着颤。

"我来，让我下去！""你歇一会，我来露一手！"大家都是比赛场上的运动员——争先恐后，害怕成了"落后分子"。那种快乐的干劲，感染着周围的人，驱走了冬日的寒意。尽管天寒地冻，雪花纷飞，轮流下井的村民依然踊跃，这使伯伯深受感动。他心想：乡亲的热情高涨，我更要带头作表率，为群众分担子。

伯伯执意要求下井，但村支书和村民们坚决不同意，嚷嚷道：刚毕业的大学生，咋能吃这个苦，而且下井风险很大，万一出了事，咋向上级交代！伯伯脸憋得通红，双眉拧成疙瘩，不服气说道：可别小瞧人哪！村民都不怕，我怕个啥？见伯伯下井决心如此坚决，他们只好同意。他和几个年轻村民轮班下井。井下挖土不止，井上拉滑车不停。伯伯多次下井，深感"不虚此下"，学到了挖井的窍门，经受了天寒地冻的考验，收获了一份体验，为乡亲分担了一份危险，得到了村民们的好评。

在打井过程中，伯伯曾遇到过两次险情。他都临危受命，挺身而出。

一次是，为下井人更衣取暖的窝棚突然着火，受风势的影响，火光冲天，如火燎原。说时迟那时快，伯伯冒火进棚，把村民的棉衣、雨衣、铁斗、绳索都抢了出来。万幸的是，他只轻微烧伤，不碍大事。但村民们却看在眼里，记在心上，都伸大拇指，交口称赞。

另一件是，在打井的时候，有一眼井歪斜了，下井的村民胆怯了，不敢继续挖了，生怕会出事。村干部和村民们都主张把这眼井报废了。伯伯却寻思：村集体一分钱都没有，工作组四处求爷爷告奶奶，好不容易才买砖打井，就这么报废了，简直就是太糟蹋太可惜了。伯伯掷地有声："我们还是下井扶正，接着干，决不能报废！"在场的都严厉拒绝他下井去冒险。但伯伯执意不肯，再三要求下井。这时，一个青年自告奋勇，大声喊道："俺跟组长下井！"伯伯说，好！他们下到井里，调整呼吸，仔细观察，审慎操作，循序渐进，缓慢处置，慢慢地把井扶正了。两个人都吓了一身冷汗。城墙上骑瞎马——好险。如果操之过急，井桶极有可能倒向另一边，那井里的人和井就全"交代"了。他俩从井里上来后，村民都围拢过来，关切地问这问那。有的乡亲抱住他俩就哭，边哭边念叨："阿弥陀佛！我们真担心你俩被挤在井里。安全上来，真是万幸啊！"

伯伯第一次下井上来刚进窝棚取暖时，一位近六十岁的孙大娘就提着一桶热腾腾的面条进了窝棚，对他说："孩子，赶紧趁热吃面条，暖暖身子吧。"此时此刻，伯伯早已没有了疲惫，窝棚里满满都是温暖。他激动地什么话都说不出话来，两行热泪簌簌而下，感激的泪水在眼眶里打转，流到了碗里，流到了心里。

第二天下井，孙大娘又送来了热乎乎的面条。伯伯再也不忍心了，连声道谢："您这么大年纪了，我不能再给您老添麻烦了……""这孩子，怎叫麻烦？你为俺们连命都不要去掏井，俺给你送碗面条算个啥！"孙大娘反驳道。尽管伯伯一再婉言谢绝，但孙大娘依然如故，从不间断。伯伯想：什么叫鱼水情？我现在实实在在感受到了。过去，共产党闹革命，老百姓最后一碗米送去做军粮，最后一尺布送去做军装，最后老棉袄盖在担架上，最后亲骨肉送他上战场。如果母亲在这里，也不过如此。老百姓真像母亲一样，对自己的干部知冷知热又知心暖心。

村里的有心人，把伯伯下井、抢险和冒死扶正斜井的好事，向县委和社教大队党委作了汇报。"秀才不出门，好事传千里。"在县里召开的全县千人大会上，伯伯出了名，受到了县委的点名表扬。在"社教"结束前半年，他就被任命为城关区的副区长。当时，伯伯想，就是做了那么一点应该做的事，上级却给我这么大的荣誉，并委以重任，我深感使命在肩，惶恐不安。

伯伯常常告诫我："你对群众几分，群众就待你几分。人心换人心。你让群众跟你走，你就得走到群众前头！"

童年的秘密已成追忆

我心中还藏着一些小秘密，美好的时光都已成为回忆。

不论是荡秋千、踢毽子、踢石子、爬竿子、打陀螺，还是摸瞎鱼、捉迷藏、拉大锯、打瓦、斗拐，还是斗狗、斗蚂蚁、斗蟋蟀，还是放炮仗、元宵观灯，都会勾起我对童年的回味。

我幼时的玩伴有三个，同岁挨肩，都在一个工厂家属区住着。大人是同事，我们小孩子是同学，自然比较亲近。有时挤着看书写作业，有时一块结伴上学，还有时凑在一起玩游戏。

跳皮筋是女生的专利。几个女生聚到一起就开始跳，两个人架着皮筋，两个人来回转圈跳，边跳还边唱："小皮球，香蕉梨，马莲开花二十一。二五六，二五七，二八二九三十一……"我们男生搞不懂啥意思，跑过来捣乱拆台，气得女生直接告诉老师。我们如老鼠般灰溜溜逃跑。

"过家家"在五六岁的孩子中间很流行。我扮演过"爸爸"，一位女同学演"妈妈"，还有姐姐、哥哥、弟弟、妹妹等角色。为了公平起见，大家互换角色，谁都不愿意吃亏，因为真的要喊"爸爸""妈妈"，这被当作沾人家光。我模仿父亲的样子，假装上街买菜，保护全家人，只觉得很好玩。我们常在一个废弃的汽车车头里玩这种游戏。自称妈妈的那位同学，抱布娃娃哄小孩睡觉，做饭切菜什么的。大家都很投入，很搞笑，居家过日子、操持家务、社交往来，演得有模有样，乐在其中。我想：有了孩子的我，在尽一名父亲的责任，是不是与孩提时"过家家"有影响呢？

经典的"老鹰捉小鸡"，既是在校园里被老师认可的游戏，也是在场院里、空旷地都能玩的活动。一人扮演凶神恶煞的老鹰，一人扮护子心切的母鸡妈妈，其他人扮胆小如豆的小鸡。在母鸡妈妈"咯咯嗒"温暖的翅膀保护下，小鸡们一个一个紧紧抓住。老鹰扑来，母鸡妈妈张开双臂拦住，队尾的小鸡随着母鸡摇摆躲闪。母鸡妈妈身体左右移动，小鸡们也随着以相同方向来转动。狡猾的老鹰一旦突破了母鸡妈妈的防线，抓住了最后面的小鸡，老鹰就赢了，游戏就得从石头、剪子、布重新开始。

游戏是我们的第一课。猜手指、猜掌中物、藏宝，开发了我们的智力。折纸、剪纸，女生玩得多，学得快，男生比较笨拙，没耐心，不愿意鼓捣。石头、剪刀、布，用手势模拟，握拳、伸食指中指、张手，以对出相克取胜……

一个时代有一个时代的游戏。民间的游戏，传统的游戏，或许在传承，或许在流失。但每个人都会追寻遥远的童年时代的影子。

童年的游戏，有太多的欢乐，有儿时的情谊。

一切都成为过去，唯有欢乐在跳跃，唯有情谊在穿梭。

这叫我如何不想呢……

乡间的上学小路

我的家在村庄的南面，在山窝窝的一个水泥厂汽车队院子里。我上小学三年级就去了村庄最北端的小学。我是全小学里上学路程最远的。

上学的小路，我渴望与之拥抱，因为路上有许多趣事。我有时也比较厌烦，因为三里的路让我迟到，而挨过老师的罚站。

上学的小路，通向前方，带我走入学堂，让我脑袋洞开，遨游知识的海洋。上学的小路，通向远方，带我走出村庄，让我开阔眼界，走进多彩的世界。小路牵着我，负着快乐；小路牵着村庄，载着乡愁。

一条蜿蜒曲折的土路小道，便是通往我的小学的小路。小路的一边是碧绿的庄稼，一边是令人陶醉的果园，远处连着绵绵的群山。每当经过果园，都会看到那一片片的梨花洁白如雪，一树树的桃花灿若朝霞，美极了。秋天到了，果实累累，黄澄澄的梨儿把树枝压弯了腰，鲜红的大苹果像挤在一起的胖娃娃，冲着我们点头微笑，馋极了！

上学的乡间小路，村庄的男女老少，来来往往，牵驴赶马，撵猪遛狗，牛走羊跑，鸡飞鸭叫，猫追鸟，鸟惊鸽，麦苗青、玉米黄，一幅田园风景画就在眼前。

走在乡间上学的小路上，柳叶发芽，小草吐绿，惬意舒畅，满眼舒心。小路两旁的野花撒欢地绽放，一簇簇、一团团，淡淡的清香让蜜蜂迷路了，让蝴蝶丢魂了。空中弥漫着袅袅炊烟味、春燕啄泥味、庄稼清新味，这就是乡间小路的味道。世外桃源也不过如此吧。

走亲串友，婚丧嫁娶，多少人走过这条小路，谁也说不清。村里人大步朝前走，出路，出路，只有走出去才有活路。鲤鱼跳跃农门，村里人寻找小路那头的不一样的生活。滋润在乡亲心间，喜悦在老少脸上。小路向幸福延伸，朝乡愁蔓延。

不起眼的乡间小路没有名字，只有记忆。窄窄的一条小路，弯弯曲曲地伸展手臂。乡间小路，没有漂亮的外表，只有土色的衣裳。土地的肌肤朴素得很。

乡间小路，春去秋来，寒往暑来。泥土的气味，绿色的，清清的，水做的。布鞋印、脚步印、蹄子印、车轱辘印，镌刻在泥土里，踩出一个纷繁的国度。

春天的小路旁，不远处，几棵杨树、梧桐树，老鸹做窝，麻雀藏身，咕咕鸟觅食，叫不上名字的小鸟在枝间跳跃、啁啾。远处，清晨去地头劳作的几位大哥哥，卖弄清脆婉转的嗓子，唱着一遍遍乡村俚曲。

夏风如火，吹起小路上的尘土，照样带着辛辣味。狗尾巴草在眼前摇晃。庄稼地绿得刺眼。

下雨过后，小路泥泞难行，我踮着脚尖趟过泥巴路。不想弄脏了新鞋子，免得挨母亲的呵斥。车轮陷进泥里，车夹儿发出的声音悠长。雨后的村庄静极了，如婴儿在沉睡。

没有小河，没有潺潺流水，只有沟渠，只有在黄河放水浇地或下雨累积才能看几只鸭子戏水。嘎嘎嘎叫的鸭子在寻觅鱼儿吗？只见它们把头埋入水里，找啊找，找到了快乐，找到了悠哉。我们几个坏孩子扔过去几个土坷垃，嘎嘎嘎，受了惊吓的鸭子凫得更远了。

　　秋季的地里有一种野果，我常常跟着大胆的同学摘来吃，涩涩的，酸酸的，舌尖的滋味一直在回味。

　　小路旁的玉米地，沉甸甸的棒子挂在玉米杆儿上。它们好似在攒着劲头向天空抛洒金子。地里的地瓜叶，密密匝匝地铺满了一地。绿色的枝叶蔓蔓，爬到了土垄和土沟，遮盖了脚下的泥土。它好似在向大地书写一首难懂的诗。

　　冬天雪来了，小路上覆盖了一层厚厚的白雪，脚下"咔嚓——咔嚓"作响。我们在雪地上印上自己的小脚印，留下一串串回忆在泥土里。

　　放学的路上，小伙伴三三两两，结伴而行，高声唱歌，比赛摔跤，玩溜溜子，滚铁环，捉迷藏，打土仗，笑声沸腾了，欢乐收获了。

　　翻开路边小石头，挖出草叶下的深色泥土，一条条蠕动的蚯蚓让我们格外兴奋。我们小心翼翼地用树枝把它们包起来，钓鱼的鱼饵准备好了。

　　为了上学不迟到，聪明的我发明了超越同学快走法。把走在我前面的同学作为参照物，在心里默数十个数就必须超过。有时为了排遣寂寞，我边走边踢小石子，学足球运动员的样子传球。

　　放学归家，贪玩久了，月亮升堂了。狗旺旺叫，催我们回家吃饭。喜爱搞恶作剧的，对着女同学发出怪叫："鬼来了，鬼来了，快跑……"女孩们带着哭腔拼命地跑，男孩子们一路小跑，喊声哭声带起了脚步声，噼噼啪啪。

　　这一条乡间小路，如一股童趣随水流向前奔去。

　　弥漫着野花幽香的小路，渐走渐远。

　　路有尽头，童年追忆没有尽头，更无归期。

哑娘的心口没有疼

村庄南头是我上学的必经之路。哑娘就住在村庄南头。哑娘很喜欢小孩子，每次都目送我们上学。她看到小孩子会表情很夸张，想要伸手去抱一抱。

我们几个捣蛋分子，从她身边迅速跑掉，齐声念出编的顺口溜："哑巴哑巴，不会说话，只会啊啊，只会啊啊。"还煞有其事地模仿她"啊啊"几声。

哑娘假装生气，双手作恐吓打人状，啊啊几声。我们吓得逃命似的跑。胆子大的孩子就在大老远拿土坷垃砸她。

村里的大人们谁也不忍心让不懂事的孩子们欺负她。我们几个不仅会遭到父母的厉声呵斥，嫩嫩的、圆鼓鼓的小屁股还会挨几巴掌。大人们说，不许戏弄人！你们不懂……

哑娘是大辈，论辈分我们小孩子都应该称她奶奶，村里人都管她叫"哑娘"。

后来才知道，哑娘不是先天性的不会说话，也不是耳朵听不见，而是小时候家里穷得很，得了小小的感冒发烧，家里人没有带她去看郎中，只用庙里的香火当药吃，结果可想而知了。有的村里人信迷信，以为她中过邪，招了什么鬼怪，不愿意接近她。

原来是这样，我有点同情她了。可恶的病，可恨的香，可怜的她……如果不是这场意外，或许她有动听美妙的声音，抑或她不再嫁给憨厚老实的庄稼汉，也许她会生活得更服帖……

可是，没有也许。一切都是假设，一切都是想象。恻隐之心，人皆有之。我们都喜欢替落难的好人打抱不平，愿意为凄惨的弱者伸张正义，对遭受灾祸或不幸之人而生怜悯之心。当然，除非他们是恶人，没有同情，没有怜惜。

哑娘有两个儿子，都长得如牛犊子一样的健壮。为了儿子上学，哑娘砸锅卖铁也要供。说的邪乎一点，就算连全家人的骨头都砸得细碎熬成油卖，也要供。哑娘太知道文化的重要了，太明白识文认字的必要了。

有一次，哑娘的小儿子发烧了，她慌张得很，好似天要塌下来。她着急地比划着，让丈夫去找医生，去买药。丈夫稍稍迟疑片刻，她就跑到厨房把菜刀架到自己脖子上。她心里急啊，心急如焚！当娘的，谁不疼自己的心头肉？她不想让自己的悲剧在儿子身上重演。

儿子的病深深地揪着她的心。她虽然不知道儿子心里在想什么，想说什么。可她只要一看到儿子痛苦地皱眉头，就会心疼地"啊啊"地比划着。

看着可怜兮兮的儿子躺在床上，她真的心如刀绞。一次次跑到屋外墙角偷偷拧鼻涕，抹眼泪。她担心，担心，担心，真不敢往下想，因为怕够了。看着儿子老是不好，她急的"啊啊"直叫，不断地给儿子掖掖被角，不停地用酒擦擦手和脸。

几天后，哑娘儿子的病好了。她乐了，见到村里人，就拉着人家不放手，比划着哑语，好似要把这天大的喜事告诉全世界的人。见到小孩子们，就分瓜子撒糖果，恨不得要亲亲红彤彤的脸蛋。这时候，调皮的，捣蛋的，上蹿下跳的，在哑娘面前都统统乖巧了，一门心思地使劲往口袋里装瓜子、藏糖果。

哑娘家里真热闹，比娶媳妇都喜庆。乡里乡亲的，都很贴心，很地道。有的送来鸡蛋鸭蛋，有的拿来瓜果李枣。周围邻舍不图别的，就因哑娘心地善良，过去帮大伙收庄稼、割麦子、打场院、看孩子。人心都是肉长的。村里人都知道知恩图报，好人有好报。

哑娘那懂事的儿子，学习更上进，更刻苦了。虽是大病一场，眼见亲娘操心，一下子长大了很多。晚上学得很晚，课本读了一遍又一遍，数学题做完了又用废纸演算好几回。作文写的就是《我的亲娘，我的娘》，在"我的亲娘，我的娘"这几个字的下面画了几个圈。他听语文老师说，特别强调的着重号，就用圆圈圈点。他似懂非懂，就这样写吧。

哑娘习惯地坐在床边纳鞋垫，陪儿子读书。他读一句，她听一句；他再读一句，她笑一笑。看到儿子那么用功地读啊、背啊、写啊，坐在一旁的她，常常望着他"啊啊啊"地笑。她想，儿子长大后一定会有出息，出人头地。夜晚，屋外月光淡淡。他躺在哑娘身旁，享受着深深的爱，如同白日窗外缕缕阳光。

哑娘干农活是个好把式，持家过日子是个好掌柜。真的，吃苦耐劳，夸她一点不过，顶个壮劳力。干活不偷懒，一锄头下去一个坑，实在得很！翻地，储肥，除草，育种，育苗，移栽，撒种，间苗，施肥，锄草，松地，浇水，除虫，挖土豆，收麦子，掰棒子，样样精通，事事在行。她常年泡在地里，虽穿着破旧的衣裳，但很整洁。

生命的火焰如果发出最后的光芒，也是很完美的。

我渐渐长大了，明白了很多。原来，哑娘是美的。

后来，我家搬了，没有再回那里。

其实，我挺惦念哑娘的。真不知道她还好吗？

野菜也是人间美滋味

　　童年时，父母常对我说，过去他们小时候经常吃糠咽菜，日子苦得很，不好过。那时，我不懂得什么叫吃糠咽菜，菜怎么难以下咽呢？后来，才明白那菜是指野菜。

　　现在的日子越过越红火，再也没有了吃糠咽菜。老家鲁西平原的野菜，成了父母或祖父母的酸酸甜甜的回忆，成了浓得化不开的乡土情结。

　　野菜，阳光怜爱的女儿，土壤恩怀的儿子。野菜，在贫瘠的地里倔强地冒出来，在不起眼的地方挣扎地摇摆开来，有一股欲与天公试比高的劲头。野菜，展示自己的存在，暴晒出苦难的征程，保留着难咽的味道，书写土里的清香人生。

　　有些野菜或在地里、在林中、在坡上、在水边，争相生长，飘逸清香，把大地点缀得生机勃勃、绿意盎然。

　　父母从小在农村长大，他们儿时经常挎着篮子，到土坡、河边、地里挖野菜，或当作全家口粮的补充，或用来喂养牛、羊、猪、兔。挖野菜这档子差事，是家里交给他们的任务，也是难得的玩耍好时光，但不能太贪玩偷懒,否则会挨熊挨打。都说,穷人的孩子早当家。为啥?因为穷人的孩子知道家里穷,能体贴父母的不易,小小年纪便能操持家务,当好家,管好家。

父母说起野菜滔滔不绝,什么花子苗、荠菜、蒌蒌菜、灰灰菜、曲曲丫、野茄子。春有蒲公英、车前草、蕨菜、野山笋,夏有野苋菜、鱼腥草、水芹菜、马齿苋、灰灰菜……蒲公英和车前草是苦的。野苋菜叶片厚,可做凉拌菜,嚼起来有质感。鱼腥草晒干煮水喝,还是一味不错的药……

野菜是苦涩的,农村人过日子是苦中有甜。

听爷爷讲,三年自然灾害,青黄不接,家家户户吃不上饭,连野菜、树皮、树叶子都成了口粮。大人孩子天天寻思吃什么,只能到地里去挖野菜,有的连根也不放过——挖出来就吃。野菜——那绿色的生命,无私地滋养了一方百姓。

心灵手巧的奶奶用猪油炝了锅,调了面,做一锅野菜粥,给父亲姊妹四个改善生活。他们姐弟总是手臂支着饭桌,托着一只碗,吧唧吧唧喝粥,一边喝一边听故事。爷爷抽起旱烟,看着他们,呵呵直笑。

奶奶有时剁了野菜,把碎碎的野菜掺了麦麸、棒子面搅搅拌拌,喂鸡喂鸭喂兔;有时把灰灰菜和苋菜的叶子焯熟,掺上一些米糠,捣得黏黏糊糊的,喂给猪吃。奶奶从鸡窝里拾出红皮的鸡蛋,在鸭栏里捡出青壳的鸭蛋,积攒起来,拿到集市上换钱,为父亲买来上学用的本子和铅笔。

谁家有个头疼脑热的,都来找爷爷帮忙。爷爷便找来几种野菜,教他们怎样用,灵验得很。他讲起野菜的药用功效,头头是道,像个郎中。马齿苋消炎解毒,能预防痢疾,对胃炎、十二指肠溃疡、口腔溃疡有独特的疗效;灰菜去湿、解毒、杀虫,可治周身疼痒或皮肤湿疹;野苋菜清热利湿,可治痢疾、肠炎、膀胱结石、甲状腺肿、咽喉肿痛;荠菜清肝明目、中和脾胃、止血降压，主要治痢疾、肝炎、高血压、妇科疾病、眼病、小儿麻疹。

野外天地宽广，视野一片新绿。无论有多少压力和郁闷，都能被大自然消融，回归平和宁静……我记不住野菜的药用价值，只晓得野菜不野不土气，有用有大用。

父亲一直喜欢吃野菜团子。母亲择洗干净野菜，拌上玉米面、豆面，撒上盐末，放在蒸屉上蒸熟。父亲说，常吃野菜，就是尝尝苦滋味，不忘苦日子。是啊，父母那一代人，是从苦日子挨过来的，幸福的日子不忘本，这种生命积淀的财富，丰富了我们的生命。

人世间什么滋味最美？人世间滋味最美的到底是什么？

我觉得，苦中有乐才是人世间最美的滋味，野菜才是人间最美的滋味！

只有把群众当亲人，才能嗅到泥土的芬芳

一位伯伯常常对我说，他的救命恩人就是老百姓，他的人生贵人就是群众。只有把群众当亲人，才能嗅到泥土的芬芳！

伯伯年轻时在基层的工作经历，让他切身体会到，只要诚心实意地为群众，为百姓付出，群众就会待你如自家孩子、自家兄弟姊妹。他也切身感受到，只要真心实意地为乡亲们操心，群众就会在危急关头帮你出谋划策，帮你化险为夷。

1967年8月22日，是令伯伯终生难忘的日子。这一天，他在一个公社的驻地村帮忙搞秋种。恰恰就在这天上午，就在这个村，发生了全区性的两派群众的武斗事件。这件事，伯伯根本不知情，却被少数派诬陷，硬给他栽赃，说他是这次事件的主谋者。他们甚至扬言要对伯伯"活捉、油炸、火烧"。伯伯真是百口莫辩，欲哭无泪。

这时，村支书对他说："琉璃碗里擂胡椒——险得很。虽然武斗事件与你无关，但真相一时无人澄清。目前情况非常危急，你还是到外地躲一躲为好，以防万一。"村支书立即派了三个人负责护送伯伯回老家避

难。一个人先到较远且偏僻的小站买汽车票，一个人负责观察汽车站的动向，另一个人找来旧衣裳、破草帽，让伯伯乔装打扮一番，用自行车带着伯伯去汽车站。就这样，他们三人就像护送落难的游击队队员一样，像护送亲人一样，把伯伯送上了汽车。在群众的策划和护送下，伯伯转危为安。否则，后果不堪设想。后来，历史的结论是"八二二"武斗事件与伯伯无关。这件事情已经过去多年，伯伯仍记忆犹新，至今依然对那个村支书和群众心存感念。

只要诚心为群众付出，在繁重的工作任务面前，群众就会与你同甘共苦，并肩作战。

有一年，上级安排让伯伯带民工参加徒骇河治理。为按时完成任务，伯伯把河段分成六小段，每个公社一小段，分头施工，分工负责。伯伯的主要任务，一是抓后进，促平衡；二是抓典型，树样板。六个单位同时施工，第一名只有一个，最后一名也只有一个。哪里后进，那里就是他的战场。哪里后进，他就把自己的铺盖卷搬到那里，同那里的民工"同吃同住同劳动"。

伯伯凭借年轻力壮，抢着推，帮着推，帮送泥土的车子爬大坡。润物无声，行动是最好的教育方式。民工兄弟怎么也不会想到他们眼中的"大干部"——副区长，能和他们一起推车运土。大家都像变了个人似的，没有再磨洋工的，没有偷奸耍滑的。大家都与伯伯一起争分夺秒，追赶工期。你追着我，我赶着你，大家都铆足了劲头，拼着命地向前赶进度。结果后进变先进，先进更先进。

伯伯还不断总结推广先进典型的经验，评选"劳动标兵"，"流动红旗"，苦干加巧干，极大地调动了全区民工的积极性、主动性和创造性。大家都自我加压，自觉前进，不喊苦，不叫累，八十个工作日的任务，他们竟然四十天就高质量地完成了，成为鲁北治河工地上的一面红旗。

正是因为不当局外人，同群众打成一片，成为群众的一分子，才使得群众服气、接地气、一起打气。四十天的日日夜夜，伯伯和民工们结下了深厚的情谊，一同谱写了一曲"干群同心，共奏凯歌"的美妙乐章。

伯伯深有感触地说："当干部不能高高在上，不能眼高手低，不能站在岸上瞎指挥，更不能把自己当成官老爷。那样的话，群众不会理你，会烦气你，群众会把你扫地出门。只有把自己放低姿态，把自己当群众，心里想着群众，念着群众，才能同群众心连心，心贴心，群众才会认同你，跟随你，支持你，拥护你！"

我想：干部只有把根深深扎在群众的泥土里，在生活上与群众相融，在感情上与群众相通，把自己当成普通群众的一员，才能在人民中间生根开花，才能嗅到泥土的芬芳！

童年的游戏有点甜

"儿童散学归来早,忙趁东风放纸鸢。"

"儿童急走追黄蝶,飞入菜花无处寻。"

默背几句诗,让人想起了童年的那些事。

雨,一直在下。轻轻的,静静的,悄悄的,带回家。雨丝从朦胧的天空中飘落下来,软软地打在孩子们的心上。

我们早已按耐不住那颗躁动的心,摔泥碗正在集结待命。

雨停了,我们小伙伴用湿泥巴捏成各式各样的"泥碗儿",备好泥团。捏好"泥碗儿"后,高唱"南来的、北往的,都来听俺摔个响",也有高喊"东北风、西北风,摔个响儿给你听",然后用力将泥碗口朝下摔在地上。碗底摔成一个窟窿,其他的小伙伴都拿出备用泥团捏成片堵泥洞。

摔泥碗,和泥、捏碗、摔碗、补洞,每一步都有门道,透着大学问哩。

和泥的土有讲究,水多水少要掌握分寸,碗沿要厚实,碗底要平实,摔碗要技巧，补洞如同打补丁。摔碗"啪"的一声脆响，如晴天霹雳，震耳欲聋。洞大的当然要补得多，这就离胜利不远了。

"赖皮，补得太少，再补！"那边不依不饶。"我的泥团快没了，让一让，我给你一块大白兔奶糖！"这边讨价还价。"好吧！成交！"一场交易谈拢了。

叫嚷声，助威声，耍赖声，声声不断。你一言我一语，时间在喧闹中在飞快地流逝。

小伙伴的脸，泥一道，汗一道，摸来摸去，擦来擦去，个个都像花脸的小猫，晚上少不得还要挨大人的一顿呵斥。

打耳也叫打尜，我们也最喜欢玩。我是在到村庄小学上学后学会的，但玩得不好，只因自己胆子小，总怕被尖尖的尜扎到身上。听同学讲，以前有过被扎着的，还是小心为妙。

尜这种危险性高的玩具，父亲不支持，没有给我做尜，我更不敢提这事，否则是被打屁股的。

尜的做法很简单，取一截小木棍，两头削尖即成。有柳木，有槐木，上好的是枣木。打尜棒通常一尺多长，粗细均可。打尜棒轻轻敲尜一端，尜便弹起，随后用力挥棒把尜打出去。那次，我敲尜，用劲太小，弹起的尜过低，再一挥棒，懊恼，扑空，尜已无精打采地趴地上了。

有的同学偷偷把家里有用的一扎长的木棍两端削尖做成尜。我们排好队，自由组合分成两拨，就地画一方框为"城"，权当根据地。选一人站"城"内，轻捏尜一端，把尜放在"城"里，用一尺余长木板将尜用力打出，尜落点远的那组先正式开打，另一组为接方。

我总认为，这是高难度的游戏，需要技巧和勇气。我佩服同学大高的本事，别看他学习不用功，打尜却是一等一的高手，在学校里很有名气。后来，听说他现在做生意很发财，我们二十多年没有见面了。我在想，他目前生意兴旺是不是与他喜欢打尜有关系，与他天不怕地不怕有关联呢？

我现在仍清晰地记得，打尜同打棒球差不多，用木棒敲击尜的一端，使尜腾空而蹦起，迅速挥动木棒将尜用力击出。一人打空再换一人接着打，最后一人打空时，另一组则急忙拣起尜往回扔。打尜的一队一边快速向回跑，一边伺机用木棒阻击抛掷在空中的尜。跑回大本营"城"边，挥动手中木棒，不让对方将尜扔进"城"里。

推铁环也是我们男孩子疯玩的游戏。手里捏着顶头是"U"字形的铁丝，推一个铁环向前跑，在小伙伴当中很有派头，很拉风的。我曾经有过这段"呼啦啦，呼啦啦"滚铁环的经历。

我的铁环是父亲用大铁锤敲打细一点的钢筋，弯曲成圈，焊接而成的，大小如桶口。长柄用一根九十公分的铁丝拗的，顶端弄成一个U形的铁钩子。圆圈不可太大或太小，圆一些，容易滚动。

我学滚铁环有点慢，笨拙得很。手脚和铁环配合不顺畅，转几圈就停了。开始，我只能跟着滚铁环的高手，一路追着跑，看人家在崎岖的山路或凹凸不平的村巷，如臂使指，行走自如，心里很不是滋味。

我慢慢地从推着走几米到十几米，渐渐地找到了诀窍——掌握好平衡。右手持着长柄，将其搭上铁环，手劲通过长柄的钩子传递到铁环上，人跟在铁环后头快速奔跑，长柄随着铁环的滚动而做圆周运动。平衡把握不好，铁环就会哐啷一声，戛然而止。那个长柄就像方向盘一样控制着铁环的方向。我的同学阿岩、博子、大朋不仅能使铁环高速滚动，宛若飞翔，还能倒退滚动，毫无阻滞。

有时，我们一起比赛滚铁环，设定一个目的地，然后一齐出发，看谁能最快到达终点。我们大呼小叫，奔走如飞，场面煞是热闹。

童年的游戏，游戏的童年。

童年的游戏，挥之不去，梦中也会被欢乐弄醒。

打捞与花生相关的记忆之花

有个关于花生的谜语，至今能脱口而出："麻房子，红帐子，里面住着个白胖子。"叫人陡生爱意的小精灵啊，看到它，竟让我念念不忘，记忆之花绽放，伸手触摸，满地留香……

小学三年级上自然课，老师布置作业，让观察种子发芽。我把花生粒埋在院子里的苹果树下，浇水，等待它给世界一个惊喜。几天之后，花生挣脱土地的束缚发芽了，嫩嫩的，向大地宣誓一个生命的诞生。我有些惊讶，有些诧异，世界的奇妙，种子的力量！

我有藏在心里不可说出来的小秘密——曾经偷过花生。我和小伙伴爬到山上，看到没人干农活，抓住花生秧，摇动几下，泥土松动，再用力一拔，一大把的花生露出来了。我们把花生秧轻轻地往地上磕几下，往上一提，土散落下来了，胖乎乎的花生在空中欢快地舞蹈。我们赶紧薅下来，跑到柏树底下偷吃。"不许告诉家长，要不，我们会挨打！"我们达成保守秘密的共识。开学啦，老师在课堂上训话，有人上山偷花生，要是查出来，叫家长来学校！我们害怕极了，再也不敢干坏事了。

村里人秋收忙，刨花生也有刨不干净的，花生躲藏在泥里。老家把第二次刨花生叫栾花生。我同学的母亲，栾花生的本事很大。一个星期，就能栾一大袋子花生。一个星期天，我跟母亲去地里栾花生。洼地的花生，刨得不仔细，机会就多。用小耙子反复挖，挖出几粒，喜欢得不得了。挖到了花生，如饿虎扑食，花生壳硬，裹有泥土，剥不开，用牙咬，咬到嘴里脆甜，白色粘稠的浆液润心润肺。看到有发芽的，就表明这里有花生。我们好像看到了宝藏一样高兴，有时也空欢喜一场。小孩子干什么事情，都像小猫钓鱼一样没有耐心。栾一阵花生，找不到几粒，我就跑去逮蚂蚱了。

我的一个远房亲戚也是我同学的爷爷。每到花生下地，他就送来新鲜的花生，粒粒壮实，颗颗饱满，没有一颗花生妞儿，像一群乖巧的孩子，规规矩矩地藏在里边。看得出，他精心挑过。"刚刨出来的，尝尝鲜，也没啥稀罕的。"他怯怯地说。"叔，哪能啊，您老的一片心。在家里吃完饭再走吧。""不……不……地里活可不少，赶时间哪！"他放下篮子就要走。父亲拦住他，送上几瓶酒。

我曾问过父亲，哪来的这门亲戚。当时父亲的确解释了，我楞没有搞清楚，只记得他过去是个地主。小时候爱国主义影片看多了，一听地主就觉得是坏人。但从他每年秋天来送花生，我看不出他有多孬。至此，我对地主有了新的认识，看人不能一棍子打死，要留有余地。

鲜花生，洗干净，带壳放进锅里，花椒八角盐也过来凑热闹。隔一会，馋虫催着我跑到厨房掀开锅盖，冒热气，熏了手，香入鼻。母亲批评道，馋孩子，还没熟呢！煮熟的花生捞出来，母亲总给我挑颗粒饱满的，她和父亲吃剩下了的。剥开壳，放嘴里，慢慢咀嚼，真甜真香。

花生仁放在热油锅上翻炒，变焦发红后洒上盐。一道炸花生米，父亲的下酒菜，我的小零嘴。油油的，酥酥的，有嚼劲，满口香。

过年时，母亲弄来黄沙，用铁锅炒花生，铲子翻动，沙沙作响，好似一曲欢快的歌。诱人的香味，撩动着我的胃口，让我无法欣赏母亲娴熟的手艺。出锅了，不顾烫，争抢着塞入衣兜里。母亲炒花生，有耐性，手不歇息，文火细烘，火候分寸拿捏有度。

听老人讲，吃花生能养胃暖胃。现在回老家，剥几粒白白胖胖的花生，轻轻入口中，暖暖的，一股特有的清香沁入心脾，便觉得心安胃暖。

上小学读许地山先生的《落花生》，那句话"人要做有用的人，不要做只讲体面，而对别人没有好处的人"，至今记忆犹新。当时，囫囵吞枣，不求甚解，搞不清楚花生为啥叫落花生？后来，查资料才得知，花生学名叫落花生，花落而生，落花结果，独有的地上开花、地下结果的植物，而且一定要在黑暗的土壤环境中才能结出果实。大自然多少神奇啊，给花生唯一的符号，所以人们称它为"落花生"，就不足为奇了。现在重读经典散文《落花生》，感觉经典就是经典，仍散发着厚重的哲理。许先生的女儿自传题目就是《我是落花生的女儿》，落花生已在她心里深深扎根。

不论《落花生》，还是《我是落花生的女儿》，都在传递一种"落花生"精神，一个人生信条，"甘为土中一颗小花生，尽力作为有用的人"，坚守落花生的品格，豁达乐观豁达，始终存有赤子之心，做普普通通的大众。

难道不是吗？我想，是的，确实如此。

跟着周大爷去听戏

  周大爷是我的邻居，老伴走得早，他独自把两个儿子、一个闺女拉扯大。他当过兵，在单位是个老先进，开黄河、解放大卡车跑长途运输，数一数二。后来，他年纪大了，不再开大车了，就在车队看门，管着车辆的安全。
  小时候，我常常跑到他家里玩，不该称为家，只是一间属于他自己的宿舍。因为他会讲杨家将、呼家将、岳家将的故事，他会烤地瓜片、炒花生，他会带我爬山逮蝈蝈捉蚂蚱，他会带我去赶集听戏。我格外对他亲，用现在的话来说，是忘年交，什么事情都愿意告诉他。
  他是个戏迷，咿咿呀呀，也能哼唱几段。夏日乘凉时也会来两句，一板一眼真像那么回事。大伙对他叫好称赞，刮目相看。他自娱自乐，其乐融融，看到神情陶醉的样子，倒让人对他不再担心什么了，不必担心他的窘迫。
  他常常对我说，在电视里听戏，不如到戏台边看戏热闹。一静一动，一人一众，根本不一样。是啊，他说那些，那时我根本不懂，更不知道角色谁是谁，什么是京剧豫剧，只晓得看到的是演员翻跟头，耍花枪，唱词挺好听。

那年月，农村开石子厂、石灰厂的老板腰包鼓了，常常请来戏班子在大集上唱几天大戏。他为了过戏瘾，就请假去听戏。我缠着他带我去，我表示听话，不惹事。其实，我就是去玩，去解馋，统统让他请客。父母给我的零花钱，我不花，攒着买小人书。

他骑大金鹿带我去听戏。他一路哼唱，我一路开小差。路上，风景迷人，野花开放，野草漫长。他无心欣赏，我无心欣赏。

看戏的多是四村八乡的乡亲，年龄大的多，小孩子居多。有的带着马扎子，有的带着小板凳，有的用砖块垒起座位，有的搬来大石头，有的蹲着，有的站着，有的坐在自行车上……有的如醉如痴，微闭上双眼，有的用手指在膝盖上轻轻地打着拍子，有的听得入了迷，拍打着节拍低声跟着唱，有的抿着嘴笑，有的鼓掌呐喊！

看戏人喜欢戏中人那悲欢离合的故事，听戏中人那悲戚忧愁的心绪，感戏中人命运那荡气回肠的转折。戏曲在农村有这般多的听众，有这般好的市场。我竟然佩服起那些戏曲的粉丝了。

这样的耳濡目染，竟让我对国粹京剧不烦气，能安安稳稳地听下去。一开始，我们几个听戏的小孩子在观众中间来回穿梭捣乱。大人有烦的，呵斥道：旁边玩去！这是我的鬼把戏。为了安抚我，周大爷会给我买来瓜子、糖葫芦、拉丝糖、果丹皮、山楂片。一来给我点事做，让我消停消停；二来我忙了，他就能安安静静去听戏，吃人家的嘴软。我老实多了，听话多了，也不折腾了。我和几个小孩子跑到戏台前，边吃边看，不知道是零食好吃，还是戏唱得好，我竟然有一种上台表演的冲动。只感觉演员功夫不简单，非常震撼，撩人心弦。尽管天下起了小雨，观众就是不离开，非等到演员们谢幕，才依依不舍地离开。

他说，台上三分钟，台下十年功。一招一式，一字一句都是刻苦练

131

功的成果。一滴滴汗水才练就出台上的光芒四射。

　　后来，我长大了，终于明白了：漫长人生如同一场戏，每个人都是演员，每个人都在扮演不同的角色，不管你喜欢抑或不喜欢，你总得在人生之路上完成你的角色，总得演好自己的角色。人生是真实的戏，而戏是虚幻的人生，真实与虚幻有时在瞬间转换，有时也让人难以琢磨。人生就像一出戏，每个人的际遇不同，所演的戏也就不同。有人出场，有人落场，有人死亡，有人重生。坦然从容地面对人生，把握人生际遇，演好自己的角色，才会展示出自己的风采，演绎出自己的绚烂人生。其实，主角配角根本不那么重要，只有适合自己，本色扮演，才能在自己的人生戏台上演出成功。

第三辑　我同千年阿胶的约会

　　卑微的野菜，蹲在路旁，聆听着春的脚步。它明明抗衡了冬天的阴冷厚重，却不屑奏响春之天籁，硬是把绿的心意编织成最美好的梦幻，馈赠给大地。于是，我们有了春天的故事，也有春天的希望。

留念夏日情思

烈日当头，酷暑难耐。曾几何时，在文学作品中读过夏日如何度日如年，不曾完全相信。而至今日，实实在在领教了一番。老舍先生笔下的骆驼祥子顶着烈日，在烤炙的大街上拼命拉着破洋车，挣扎生存的场景，又实在令人油然而生几分怜意。

主宰着白昼的光明之神——太阳，本应该讴歌与赞扬。但在夏日，它对人们的惩罚过于刻薄，以至于再无歌颂赞美之词，几乎将诅咒和责难权当为太阳作批注了。

太阳啊，你是如此的无情，你本该给人们适度的温暖和光热，可你在这特定的时期，却给予了人们太多的"能量"和"滋养"。你可知道：被你烧灼的人们如何给你下定义的——"太阳是个大火球，弄得地面成为大火炉"。

太阳，你不晓得世人汗流浃背，无精打采地面对着鬼天气的痛苦。庄稼被你烘烤得奄奄一息，树木垂头丧气，变得毫无生机和活力，等待着一场倾盆大雨的洗礼。公路像被烧红的煎饼鏊子灼烧着来往的行人，只有蝉在大树的高枝上唱歌，喊道："只了，只了……"。唐朝诗人骆宾王的《在狱咏蝉》"露重飞难进，风多响易沉"，那是秋蝉的生存写意，而夏蝉是特别地能鸣叫，它几乎成为太阳向人们示威的"帮凶"。一切万物生灵，均在太阳的烧烤之下。毒毒的阳光，刺得人的目光无法与之对视。火辣辣的太阳，硬硬地将温度调至四十摄氏度。它还在发狂地拨动算盘，一度一度往上增加筹码。人类的母亲——大地，此时此刻也消失了气力。她被蒸熟了，再也没有勇气对抗了。

滚滚的热浪扑面而来，压抑使人们无法喘息，仿佛扼住人们的咽喉。人们的每一个毛孔都张着大口，不断地涌出体内的汗液。大汗珠子从人们的额头、鼻尖、脸庞、整个身体流出。人体在调节，与大自然相适应。人们已习惯空调、风扇的凉风，香甜的西瓜、爽口的肥桃成为夏日解暑的佳品。这仅仅是解暑的下下策，人们渴望去喜马拉雅山的冰雪地里体验冰冷生活，去海滨浴场感受大海的温情。

太阳也有偷懒的时候，只有夜幕才能把它包裹起来，让它休息片刻。月亮和星星占据了天空，成为夜幕的演员。月亮给星星唱歌，星星给月亮跳舞。她们手挽手一起歌唱，一起舞蹈。她们似乎要把夜晚延长，让人们减少骄阳的肆虐。

乘凉的小朋友的歌声更好听："弯弯的月亮，小小的船，我在小小的船里坐，只看见闪闪的星星，蓝蓝的天。"孩子们最喜欢银光洒满大地，最爱听外婆讲猴子捞月、嫦娥奔月的故事。

在一棵树下，一个七八岁光景的孩子依偎在外婆身边。外婆稳坐在马扎上，给外孙讲那动人的神话故事。调皮的孩子还大胆地告诉外婆："外婆，神州五号飞船已经上天，我们的太空人就要去月亮旅行啦！"外婆摸着孩子的脑袋，高兴地说："傻孩子，你好好学习，说不定你就会成为那个飞上月亮的大英雄呢！"

孩子看看外婆，又睁着大大的眼睛望着月亮，跳蹦着，嚷嚷道："我要飞上月亮去，当大英雄！"

"那么，嫦娥为什么要到月亮上生活呢？"孩子转了话题，又回到神话的天地里。他不明白嫦娥飞月的缘由，便天真地问外婆。

"她偷吃了王母娘娘的长生不老药呗。王母娘娘惩罚她，让她生活在凄凉的月宫里，只有玉兔陪伴她。"

"外婆，我以后再也不偷吃零食了，我害怕被送入月宫里去。我不离开外婆……"

外婆乐呵呵，把小外孙搂在怀里，说道："傻孩子，外婆不会把你送入月宫的。"

多美的夜晚，多沁人心脾的夜色，多温馨的一幅婆孙柳下赏月图。夏日白天酷热难耐，夜间却是凉风习习。人们纳凉温馨甜美，"荷风送香气，竹露滴清响。"孟浩然的诗，情不自禁地从口中吟出。

夏日渐行渐远，留在人们的记忆里，留在人们的美梦里。

我同千年阿胶的约会

读万卷书，可以与古人对话论道；行万里路，可以与自然交融体悟。那如何既读书又行路呢？

有人说，一个地方的历史，或重于泰山，或轻于鸿毛，关键在于体悟之人如何听、如何想、如何解读。过去，我一直困惑不解。一次偶然的机会，我走进了东阿县，我才豁然开朗……

人在世间行走，或许不能留下印记，茫茫人海，大多都湮没在历史的尘埃之中。但地名却能长流久远。地名，是一个不能流动却能识别地域的坐标，是一种记忆历史、寻觅踪迹、凭吊往昔的符号，是人们进行社会活动交往的工具，也是社会发展和人类进步的文化宝藏。

有人说，东阿阿胶成就了东阿县。东阿阿胶的名气太大了，让名不经传的东阿县声名远扬。其实，不是这样的。东阿县不仅仅有东阿阿胶，而且更有曹植墓。

《尔雅》曰："大陵曰阿。"战国时期，这里地处齐赵两国边境，境内有大清河流经入海，河曲形成大陵。因此这里就叫东阿。曹操的第三个儿子——才高八斗的曹植,曾被分封于此,忧郁而逝,遵照遗愿,将其葬于东阿鱼山,尊称东阿王。鱼山是鲁西黄河北岸最高的山,一代文豪曹子建长眠此处。王士祯、赵执信等历史名人来此凭吊,站到这位风流倜傥、出口成章、英年早逝的才子墓前,溯古追今,感慨颇多。

曹子建早年写下过"捐躯赴国难,视死忽如归"的诗句,字里行间透露出渴望报国杀敌,建功立业,视死如归的英雄气概。当他备受冷落之后,所作《洛神赋》:"其形也,翩若惊鸿,婉若游龙。荣曜秋菊,华茂春松。仿佛兮若轻云之蔽月,飘飘兮若流风之回雪。"文辞华丽而不浮躁,清新之气四溢,压抑苦闷若隐若现,生活的理想与现实的不幸构成强烈的冲突。后人读之,无不感慨万千。这篇文章也被后世称为曹植最著名的诗篇。

《法苑珠林》记载:"王(曹植)尝游鱼山,忽闻空中梵天之响,清雅哀婉,其声动心,独听良久。乃摹其声节,写为梵呗,撰文制音,传为后式。"原来,曹植是佛教梵呗乐的创始人。鱼山每年有日本和尚来朝拜曹植,在此追思曹植为创作梵呗音乐所做的贡献。

东阿阿胶旅游景区也是不得不去的旅游之地。它是集旅游观光、生产体验、休闲养生、影视拍摄、文化传承于一体的综合旅游景区,主要由东阿黑毛驴繁育中心、东阿阿胶城、东阿药王山、中国阿胶博物馆和阿胶生物科技园组成。在这里,历史与现实,科技与传统,文化与山水,相互交融,融为一体。我仿佛穿越了历史的时空,探秘了阿胶的前世今生;领略着气势恢宏、胶香弥漫的现代化中药生产情景,体验着现代科研技术给我们的生活带来的无穷乐趣;饱览那包罗万象的中国阿胶博物馆,重温那不为岁月所掩盖的养生智慧;走进养生阿胶城,实现百年穿越,时光荏苒中,一段段养生记忆历久弥新;走在石板路上,怀想影视剧中角色的悲喜离合;再哼一曲小毛驴民谣,与呆萌可爱的毛驴们来一次亲密接触吧!

不是说前生五百次的凝眸，换今生一次的擦肩吗？不是有"子非鱼，焉知鱼之乐""子非我，安知我不知鱼之乐？"的经典对话吗？我们穿越历史隧道，寻寻觅觅阿胶的三千年繁华浮沉，探寻追溯阿胶的前世今缘……

作为滋补国宝的阿胶，形呈方、质上乘、色如琥珀，历经岁月更替，却代代相传，非但没有被历史淹没，反而在中医药文化史上留下浓墨重彩的一笔，在现代社会更是备受推崇，书写着华夏文明的博大精深，传递着中药文化的精气真髓。

阿胶之名，最早记载于中医四大经典著作之一的《神农本草经》。南朝梁著名医药家陶弘景在《名医别录》记载："阿胶，微温，无毒。主丈夫少腹痛，虚劳羸瘦，阴气不足，脚酸不能久立，养脚气。生东平郡（今山东省东平县），煮牛皮作之。出东阿。"北宋中期宰相药物学家苏颂在《本草图经》写道："阿胶，出东平郡。煮牛皮作之，出东阿（今山东省东阿县），故名阿胶。今郓州皆能作之，以阿县城北井水煮为真。造之，用阿井水煎乌驴皮，如常煎胶法。其井官禁，其阿极难得，都下货者甚多，恐非真。寻方书所说：所以胜诸胶者，大抵以驴皮得阿井水乃其耳……又今时方家用黄明胶多是牛皮。《本经》阿胶亦用牛皮，是二皮亦通用。然今牛皮胶制作不甚精，但以胶物者，不堪药用之。"很明确指出：《神农本草经》所用阿胶为牛皮所煎煮而成。

明代著名医药学家李时珍，这位被后世誉为医圣的"文林郎"在《本草纲目》中云："凡造诸胶，自十月至二三月，用牸牛、水牛、驴皮者为上，猪、马、骡、驼皮者次之……大抵古方所用多为牛皮，后世乃贵驴皮。"驴皮胶最早见于唐代中药学家陈藏器在《本草拾遗》中曰："阿胶，阿井水煮成胶，人间用者多非真也。凡胶俱疗风，止泻，补虚。驴皮胶主风为最。"据此可知，古时的阿胶是以牛皮煮制的，用驴皮制作阿胶乃在牛皮制作阿胶之后。在唐代，阿胶、黄明胶和驴皮胶三种胶的名称是通用的，但主要以黄明胶（牛皮制作）为主。直至十一世纪的《博济方》才始见"真阿胶"之名。黄明胶一名则始载于唐代医学家孟诜《食疗本草》。在唐代医家《药性论》中亦云："白胶，又名黄明胶。能主男子肾脏气衰虚，劳损。妇人服之，令有子，能安胎去冷，治漏下赤白，主吐血。"是指今之鹿角胶而言。明代医家卢之颐在《本草乘雅半偈》中道："阿胶。煮法，必取乌驴皮……设用牛皮，乃黄胶。"清代著名医学家黄宫绣在《本草求真》曾经记载："阿胶专入肝，兼入肺肾心……牛胶功与阿胶相似。补虚用牛皮胶，去风用驴皮胶。"

晋唐时期"岁常煮胶以贡天府"，又称贡胶；昔谓以山东东阿阿井之水熬制而成，故传统有阿胶之名。李时珍在《本草纲目》曾载："阿胶，本经上品。弘景曰：'出东阿，故名阿胶'"。被誉为"中国整部科学史中最卓越的人物"北宋政治家、科学家沈括在《梦溪笔谈》中写道："阿井水，性趋下，清且重。取井水煮胶，谓之阿胶"。阿胶，现代药典为"阿胶"定其名，概其意，"以马科动物驴的皮经煎煮、浓缩制成的固体胶"。与人参、鹿茸并称"滋补三大宝"之一的阿胶，因滋阴补血，延年益寿而闻名天下，至今已有三千年的历史，也让其源远流长。

阿胶从古至今始终倍受人们的青睐，皆因其功效广泛，功能卓著，同时又药食两用，治病滋补皆宜。阿胶已经由皇家贡品走进寻常百姓家，成为养生保健的必需品。

十年前，一次偶然的机会，我参加了东阿阿胶有奖征文活动，应该说，我与她——东阿阿胶亲密接触了。"于千万人之中，遇见你要遇见的人。于千万年之中，时间无涯的荒野里，没有早一步，也没有迟一步，遇上了也只能轻轻地说一句："你也在这里吗？"借用张爱玲《爱》的一句经典名言，我认识了东阿阿胶，我触摸了阿胶文化。除了敬畏，除了景仰，除了虔诚，我没有其他话语。

没有想到我的征文作品会获奖，更没有想到公司会邀请我参加首届滋补文化之旅活动。东阿阿胶、复方阿胶浆生产线的参观，让我们对公司的产品更加信任，让我们对公司的质量更加放心；曹植公园的参观，让我们领略了阿胶井风采、了解了公司对企业文化的拓展延伸，影视基地的兴建，可以让阿胶文化发扬光大。东阿阿胶人把阿胶当成信仰来坚守，坚持厚道地道传承创新的价值观，让老祖宗留下的瑰宝得以走出亚洲、走向世界，得以继续服务人民、为国争光。我要向辛勤的东阿阿胶人说一声："感谢滋补国宝东阿阿胶，让我健康；感谢东阿阿胶人，让滋补国宝无限荣光！"

那天晚上，我做了一个奇怪的梦，梦见曹子建和我邂逅了，他同我有一段关于千年阿胶的对话……

心中沸腾着的向阳红

我的爷爷骨子里是爱国的。他的一辈子，没有精彩，没有传奇，犹如崎岖泥泞的泥土，犹如一丛火红的庄稼。

经历过清末、民国、新中国的爷爷，曾经总结他的风雨几十年："**俺这辈子是冰火两重天，一个地下，一个天上！前半辈子生活在冰里，当牛当马苦难言，真苦，国家苦，老百姓苦，苦得泪都流干了；后半辈子生活在'火'里，当家作主甜如蜜，真甜，国家甜，老百姓甜，甜得笑都合不拢嘴！**"他所说的"冰里"、"地下"，就是新中国成立前的艰难岁月。爷爷那代人铭刻在心里的痛，无法用言语来表达，对日本鬼子给国家、民族、家庭带来的不幸和灾难恨之入骨，对蒋介石和国民党反动派打内战深恶痛绝，对地主恶霸组成的还乡团反攻倒算、烧杀抢掠、无恶不作而切齿痛恨。

痛苦如火一样在燃烧，有时埋在心底，有时冲出头顶。压抑的怒火，在胸膛里翻滚，哪怕手无寸铁的一介草民也会爆发如雷般的呐喊。爷爷就是这样的人。

没有上过私塾的爷爷,渴望读书,敬重读书人。每次到镇上挑柴火卖粮食,他都要瞟一眼自己心中的神殿,一个叫姜楼高小的学堂。他故意朝那个方向去,绕到那里,踮着脚尖,伸长脖子,似乎要穿透墙壁洞察里面的全豹。朗朗读书声从学堂里飘过来,他听得真切,"捐躯赴国难,视死忽如归""天下兴亡,匹夫有责""苟利国家生死以,岂因祸福避趋之""四万万人同一哭,去年今日割台湾"……半新不旧的长衫长袍裹在清癯戴眼镜的老师身上,挎青布包,走进校门,目光如炬,行色匆匆,这是爷爷眼里的尊严的教书先生的形象。"华北之大,已经安放不下一张平静的书桌了。""一寸山河一寸血,国家在流血,人民在哭泣,好男儿应同仇敌忾,保家卫国,志在四方!"学校操场上青年教师的讲演,刺破天穹,如大雁在空中盘旋久久不散。爷爷恋恋不舍,他多想再凝视一眼肚子里装墨水、肩膀上扛道义的老师啊。

　　那姜楼高小的的确确是红色的火种。1932年春,爱国民主人士孙广滨大学毕业后,深感唤醒民众、教育救国之紧要,便在姜楼碧霞宫(俗称奶奶庙)搬除神像,清扫庙堂,创办了这所姜楼高小。翌年7月,在山东省立第一乡村师范学校读书的学生、共产党员姚仲明(后成为新中国第一代外交家,"文革"后曾任文化部副部长)响应中共山东省委"到农村去"的号召,利用暑假回到家乡,以在姜楼高小当教员为掩护,一边讲解课文,一边借题发挥,针砭时弊,揭露黑暗,秘密宣传共产主义和共产党的革命事迹。在他的教育引导和影响下,先后发展了王玉珍(建国后曾任武汉市委第二书记)等十几名同志入党。两个月之后,东阿县第一个共产党支部——姜楼高小党支部成立。

　　在当时,知道义、明事理的爷爷,无比憎恨住在碉堡祸害老百姓的日本鬼子和汉奸"二鬼子",偷偷摸摸听村里不怕死的共产党员讲姜楼高小闹革命的事,大着胆子悄悄给抗日的县大队送粮食,还支援刘邓大军渡河作战捐献自家的门板。为什么?因为他心向红旗,同情革命,相信

143

共产党。

　　老家附近有个村叫广粮门，那里出了一个战斗英雄赵传顶。赵传顶的故事，爷爷是听村里的老八路讲的。他屡屡用来训诫父亲姊妹四个，"男子汉要有血性，要顶天立地，为国家的事，命可以丢，气节不能丢！"他讲的赵传顶，曾在阳谷、东阿一带打游击，拔日伪据点，惩办汉奸和匪徒，随队伍转战太原参加抗日战斗，三十岁在齐河大马庄开会作演讲时被国民党特务所杀害。爷爷每次讲到这里，就掩面长泣，对党培养的干部佩服得五体投地："共产党的干部就是有种，有血性，好样的！"

　　爷爷频频念叨："多亏毛主席，俺们家才翻了身，分了地，能吃上饭了，有人样了！"新中国成立后，家乡搞土地改革，爷爷家终于分到了属于自己的土地和犁耙锄头等农具。在此之前，爷爷家没有地，为了活命，只得租种地主家的地，虽终年劳作，但受尽盘剥，有上顿没下顿，吃不饱，穿不暖。翻身做主人的爷爷，至死不渝地认定了共产党是大救星，认定了毛主席是大救星。

　　小时候，爷爷喜欢把我揽在腿上，有节奏地给我念叨谚语，什么"一寸国土一寸金""舍命才算真豪杰，爱国方成大丈夫""白手起家真志士，赤心报国是忠臣"；什么"国兴靠贤士，家兴望子孙""尽忠报国，尽孝守家""有树才有花，有国才有家""家贫出孝子、国乱识忠臣"；什么"树高不离土，叶落仍归根""水流千里归大海，人走千里归家园""富贵不离祖，游子思故乡"……我好奇地发问，好听倒是怪好听的，就是啥意思啊？

　　爷爷哈哈大笑：娃，你现在还小，长大了就会琢磨明白啦。娃，你要记住，国家，国家，先有国后有家，家国，家国，家齐后治国，国治平天下！

　　爷爷临终前躺在床上，望着屋里的木椽子，忽然喃喃说："我看到红旗了，真红！你们要当木椽子、木梁子……"

冰心先生的父亲为她撑起一片蓝天

　　女儿是水做的,像流水一样的诗,像垂柳一样的歌。父亲爱女儿,护得沉重,抚得深沉。不是有"父兮生我,母兮鞠我,抚我,畜我,长我,育我,顾我,复我"吗?

　　如果说冰心先生有辉煌的文学地位和享誉世界的作品,我想,应该特别感谢她的父亲。父亲如山的厚重、似海的深邃、像天的宽广,成就了她"一片冰心在玉壶"。

　　冰心先生的父亲谢葆璋出身行伍,是严复的学生,曾任北洋水师枪炮官,为烟台海军学校创校校长,后任中华民国临时政府海军司令部二等参谋官,是近代一位具有进步思想的爱国将领。他喜好读书,颇有情趣,思想新潮,热爱生活,疼爱子女,教子有方。

　　父亲这样的行伍经历、军人气质、秉性爱好,对冰心先生的读书治学、成长成才影响深远。她是家中长女,又是家中唯一的女儿,自然被父亲疼爱有加,捧为掌上明珠。童年的她,幸福,快乐,如不受羁绊的野马。中年的他,文艺范,特浪漫,如撒了欢的孩子。他会带她在海边漫步，看潮起潮涌，谈中华文明上下五千年；他会领她骑马打枪，过一回当兵的瘾，体验一番海军的滋味。生活的味道，为她走上文学创作之路奠定了基础，夯实了路基。

兴趣其实就是催化剂，更是萃取剂。一旦有了燃点，便会燃烧，进而燎原。

冰心先生在《忆读书》这样回忆道："我自从会认字后不到几年，就开始读书……此后我决定咬了牙拿起一本《三国演义》来，自己一知半解地读了下去，居然越看越懂，虽然字音都读得不对……"她与书为友，与书同伴，小小年纪，就开始啃读《三国演义》，尽管不求甚解，囫囵吞枣，但也读得有滋有味，乐不思蜀。

贴心的父亲带她去戏园里特意点有关三国的戏，用京剧的唱念做打带她穿越历史。虽然他并不喜欢看戏，但却陪着她，用恰当的方式激发她读书的乐趣。

孩子是父母的影子。俗话说，三岁看大，七岁看老。孩子的童年，父母给他们播下什么种子，他们长大后就会送给家长什么果实。

冰心先生打小便跟在父亲身边。她看着父亲的一举一动，父亲看着她的一笑一颦。小孩子最容易模仿大人，潜移默化地影响无处不在、无时不有。一切都是静悄悄，仿佛夜晚月儿挂上柳梢。

习惯成自然。她像父亲一样喜欢安静读书，像父亲一样直爽豁达，像父亲一样追求民主自由。

父亲舐犊情深，循循善诱，关怀备至。他反对给她扎耳朵眼，反对给她裹足穿小鞋。他愿意化作一片云彩，化作一棵大树，给她成长的空间，自由的原野。

父亲民族情结浓烈，满腔爱国热忱。他经常带领冰心先生上军舰，把舰上的设备、生活方式等好玩的、有趣的，活灵活现地讲给她听。他告诉她，只有民族觉悟，自立自强，才能扬我国威，振兴中华。曾去过英、法、意、日等地的他，作为巡洋舰上的青年军官，留洋归来，却气愤地说："我觉得到哪里，我都抬不起头来，你不到外国，不知道中国的可爱，离中国越远，就对她越亲。但是，我们中国多么可怜呀，不振兴起来，就会被人家瓜分了去……"接着，他又说："我们堂堂的中国，竟连一首国歌都没有……"

"未曾出土先有节，即使凌云也虚心。"父亲为她播下爱国的种子，它破土而发，勃勃生机，鼓舞着她走上了反帝反封建的康庄大道。当辛亥革命爆发的消息传来之时，她把攒下的十块压岁钱，送到申报馆，捐款劳军。当五四运动爆发之时，她义愤填膺地积极投身到爱国运动中。

伟大的父亲，成就了伟大的女儿。正是由父亲的谆谆教导和言传身教，才让从小聪明好学的她，七岁读《三国演义》，八岁看《水浒传》《西游记》《聊斋志异》，才让她一生创作无数让中小学生都喜爱的散文、诗歌、小说。

难怪冰心先生对父亲如此感激，始终铭记在心，在诗文中多次描述，"早晨勇敢的灿烂的太阳，自然是父亲了。他从对山的树梢，雍容尔雅地上来，他温和又严肃地对我说：'又是一天了！'"

童年如梦，父爱随行。

人生之路，父爱相伴。

冬日"亲"泉

无雪的冬天总会让人感到缺憾，让人感到毫无生机。在冬日里寻寻觅觅，仿佛要把那可爱的情愫揪出来，晒出来。可能是一种缘分吧，我对泉水有了更多的亲近，如同母亲对婴儿的疼爱，婴儿对母亲的依恋。

一次偶然的机会，我来到齐鲁泉乡——洪范池镇四处走走看看，领略一番冬日的泉乡，亲近那可人的泉水。

虽是冬日，但这几天的天气却出奇的好。几朵白云悠闲地挂在天空，伸着懒腰，打着盹。气温不是很低，偶感丝丝凉意。沿龙池大街往新建的汇泉广场走，原来的石板路已经修成了平整的水泥路，路边的建筑也有了些许仿古的味道。踱步来到汇泉广场，最惹眼的是九根龙柱。当地的朋友告诉说是九泉柱，每根柱子都代表着一处名泉，有龙池泉、东流泉、扈泉、日月泉、白雁泉、丁泉、拔箭泉、墨池泉、姜女泉。一串串清爽之泉，如叮叮当当作响的风铃。涓涓清泉，泽被苍生。洪范人爱泉，护泉蔚然成风，世代相传并逐渐成为一种文化。在汇泉广场转了一周，来到南面的文化墙，墙上图文并茂地介绍了洪范大小 36 处泉以及于林、书院古村、大寨山、云翠山等景观。汇泉广场，汇集美泉，展现泉文化。她把齐鲁泉乡的山山水水浓缩起来，讲述出一段段令人神往的故事，描绘出一幅幅令人陶醉的画卷。看了汇泉广场，就知道了齐鲁泉乡真美，真醉！

洪范池泉群中的状元要数"龙池"了。明年是龙年，中国人对龙有较高的崇拜，是民族精神的象征。《汉书·瞿方进传》："龟龙鳞凤，谓之四灵"，给泉水池子冠名"龙池"，想必给了它最高的寄托。

这泉的生命力是神奇的。金代完颜时，龙池就有了盛名，发挥着不可比拟的作用。清道光又重修了，还在此立碑题记，算是给它续写往事，名其正，言其顺了。后人读之，只能对龙池更敬重了，都有了拜孔子的念头。水自池壁南侧的石雕龙口中涌出，跌入了二米见方的小池中，绕池一周后汇入狼溪河。泉头能"浮金"，"随波荡漾似浮金"，您说神奇不神奇？龙池下面的地表让水增添了更多的滋养，泉水翻腾着，鼓动着，在大自然的魔力中长出锶、锂、锗、偏硅酸等二十种人体必需的微量元素。泉水奈不住寂寞，执意要跑出来，跑到更广阔的狼溪河。泉水在狼溪河里继续鼓动着，跳跃着，她要彰显出自己的美，自己的奇。泉水汇成河水，浸泡黑驴皮，后取阿井水熬胶，就变成了营养滋补品——阿胶。

这泉的活力是强悍的。按照常理来说，泉是受到旱涝等外在条件的影响的。可是，这泉就是出奇得强，旱涝如一，始终如此，不以"冬夏而变温"，累年如一，池水恒温，长年十七摄氏度，冬温夏凉。立雕石狮、盖钮等在石柱的周围护着泉，欣赏着泉的美。池底的震海猴一定非常的惬意，整天洗着舒服的泉水浴。

如果说龙池是高贵的，那么东流泉是有品味的。东流泉在文化品位极浓中走来，在小桥流水人家中诞生。说东流泉，不得不提一个叫刘隅的人。他是个读书人，放着好好的官不做，却要在这山环水抱，草木葱郁，清雅幽静的一方净土修建书院，传道授业解惑。可能是读书人的精神追求，出世不成入世解脱，学陶渊明的悠然见南山吧。无独有偶，明代东路总管严实也曾在此建院居住。这东流泉，真是个风水宝地啊！

东流泉是从高处走来的。她家住书院东天池山脚下的岩石之中，她饱含书卷气出世，她有才华横生的底气。泉水在岩石缝隙中散溢流出，汇入石砌方池中。泉水常年涌流，水流极盛。泉水从池南壁的石砌龙口中跌落至一方形小池，再流入半圆水池，随之喷珠吐玉，沿小溪盘村绕户，穿林润木，汇入书院村西的汇泉湖中。泉水一路挣扎，一路解脱，不惧怕岩石的阻挡，世事的纷扰。当地村民不凿井，不设水缸，把这泉水当成琼液，洗衣做饭无不用之。特别是"曲水流觞，以娱佳宾"，书院村民颇引以为豪。相传当时建筑也别具一格，厨房位于小溪旁，做好的饭菜放在木制托盘上，自动飘到宾客房内，撤下的碗碟放在托盘上，由另一条渠道飘回厨房。王羲之兰亭相会也是这样的情景，但那是士大夫享受的，而书院村的"曲水流觞"，凡夫俗子享受得起，真是雅俗共赏。东流泉是快乐的，无拘无束的；东流泉是平凡的，自由自在的。

因东流泉的存在，引得香火旺盛和仙人得道。东流泉北侧有"洪福寺"，相传为唐代洛阳白马寺的四位高僧（清真、悟明、惠僧、圆僧）创建。如今，只有遗址似乎在讲述那段悠远的往事。明代朱维京写的五言诗，"石床、銎水、树林"寥寥数笔，把这里描绘得迷人眼睛。明朝万历年间《东流泉》诗碑两尊，更是历史的注脚和注释。天池山腰石壁上的四尊佛像在频频招手，向人们展示这里是净土、乐土。还有那仙人休憩的洞，流水沿洞口上壁顺流而下，倒挂门前，人站洞边，凉风习习，涛声灌耳，如临仙境一般。

泉乡的泉，可圈可点，可看可赏。南天观来复泉回阳洞内的日月泉，阴阳相生，泉水在两孔之间可以往来流动；扈泉从洞中由下而上喷涌而出，触岩抵石，浪花翻滚，珠沫四溅，状如飞雪，声传数里，气势磅礴，泉水漫石而过，成瀑布状奔泻而下，如飞虹架空，跌落山谷……。这些泉是数不尽，道不完。这些泉是传说颇多，典故难数。

泉水汩汩流淌，流走了光阴，洗涤了繁华。

泉美，泉醉，真是"别有一番滋味在心头"！

野菜在等待谁

卑微的野菜，蹲在路旁，聆听着春的脚步。它明明抗衡了冬天的阴冷厚重，却不屑奏响春之天籁，硬是把绿的心意编织成最美好的梦幻，馈赠给大地。于是，我们有了春天的故事，也有春天的希望。

古人对野菜情有独钟，诗词歌赋有很多对野菜的描摹。白居易有诗曰："喧和生野菜，卑湿长街芜。"杜牧吟诵："经冬野菜青青色，未腊山梅处处花。"苏轼亦有"野菜初出珍又珍，送与安静病酒人"的佳句。陆游也写过"更蓣药苗挑野菜，山家不必远庖厨"的诗句。还有诸如，野菜飞黄蝶，谁家野菜饭炊香，江鲜野菜桃花饭，一路春风野菜香……文人骚客对野菜有着一种特殊的情结在里面。

要说对野菜的讴歌，其实源头在《诗经》里。

不妨手执《诗经》，追溯至三千年前的西周，体味一番千年沉淀的野菜芬芳，在字里行间品味那野菜的味道吧。

风和日丽，群歌互答，余音袅袅，若远若近。天真少女，三五成群，手挎竹篮，且歌且行，在山野之间穿梭，他们采摘什么？原来是荠菜、卷耳、苤苢、蕨、薇、苹、藻、苓、蕫、唐、芄兰、谖草、蓷、荼、荠、蓂、苦、葑、苕、苴、苹、莱、芑、蓫、菖、堇。她们寻找野菜，野菜在静候主人。到底是她们找到了野菜，还是野菜找到了她们？

《小雅·出车》说："仓庚喈喈，采蘩祁祁。"这里的"蘩"，指的是白蒿，即艾蒿。试想当年，春草茂盛，黄鹂鸣叫，躲在溪涧、山涧中的白蒿，正在等待主人的寻找。看，他们来了，采蒿人三五成群，缘溪水而觅，听潺潺溪流，闻百啭千声，挖出涧边艾蒿，寻得春意盎然。《本草纲目》记载：白蒿释名由胡、萎蒿、蘩。气味甘、平。主治风寒湿痹、恶疮癞疾等症状，有清热利湿，凉血止血的功效，还可治疗风湿寒热邪气，热结黄疸等疾病。名医华佗三试白蒿的传说，应该是对白蒿最早且明确的药理记录吧。

"薄言采芑，于彼新田（《小雅·采芑》）。"听，马蹄哒哒声，马鸣嘶嘶声……一支浩浩荡荡的大军出现在旷野上，马不停蹄，马鸣萧萧，阵列肃穆严整，军旗猎猎，掩不住苍穹下杀气腾腾。劳苦功高的将士们在行军间隙采摘苦菜，从那片刚开垦的新田，又转到这块未开垦的处女地。

《周南·卷耳》讲："采采卷耳，不盈顷筐"。看，那农家女子，似云袖轻摆招蝶舞，纤腰慢拧飘丝绦。劳动是美的，何况一名少女。只见她一双轻盈的手，一手忙碌着采摘，一手提着衣襟兜卷耳，随着心中的节奏愉快地舞动身姿。是收获的喜悦呢，还是遇到如意郎君？她如一只蝴蝶翩翩飞舞，像一片落叶空中摇曳，仿佛丛中的一束花，若有若无的笑容始终荡漾在脸上。清雅如同夏日荷花，欢快荡漾成一朵风中芙蕖，最是那回眸一笑，万般风情绕眉梢！

"参差荇菜，左右流之。参差荇菜，左右采之。参差荇菜，左右芼之。"那叶形似睡莲的荇菜，别致小巧，令人爱怜，鲜黄色花儿跃出水面，争奇斗艳，呼唤春天的到来。

153

古时的卷耳现在叫"苍耳",果实呈枣核形,长有钩刺,多生于山坡、路边、沟旁、草地、灌木丛中,顶稍部位的嫩叶、嫩苗可食用,具有祛风散热、解毒杀虫的药用价值。苤苡现称为"车前子",多生长在山野、路旁、池塘、河边等地,有清热利尿、渗湿止泻、明目、祛痰等药用功效。古时的荼,就是现在的苦菜,常生长于田野之中、树林之下,味苦,有抗菌、解热、消炎、明目等作用……这些野菜生命力极其顽强,无拘无束地生长,野火烧不尽,春风吹又生。它们来到人间,惠及民众,见证了历史沧桑巨变,目睹了世间悲欢离合。

春风送暖,野菜飘香。春天是美丽的,是清新的,是温暖的。野菜是春天的使者,是生命的波涛,是心灵的诗情。

感谢诗人,感谢古人,字里行间里飘袅而出一股浓浓的野菜香,陶醉我们的心情,寄托我们的心境。

野菜从诗经的春天里走来,从诗人的田野里走来,清雅,潇洒。

我知道,野菜在等待着春天的约会,与春天明媚偕老。

千层底，万重爱

在我的记忆深处，千层底布鞋永远是一直萦绕在心头的一种情结。斑驳的岁月被燃烧，时光的褶皱被抚平，内心如波涛翻滚。那些与千层底布鞋有关的记忆就这么被轻易地召唤了出来。

千层底布鞋是伴随着童年和少年一起成长的，只是后来不知不觉就走丢了。

记得小时候，最喜欢穿母亲做的千层底布鞋，那是母亲一针一线做出来的，穿在脚上非常舒服，走起路来软软的，暖暖的，甜甜的。

千层底布鞋更像一种情愫，一种寄托。千层底布鞋穿在脚上，浓得化不开的爱甜在心里。看见它，抚摸它，想起它，仿佛让我想起当年母亲在昏黄的灯光下辛劳做鞋的情景。那丝丝温情和刹那的感动，如触电般顿时溢满全身……

那个年代，生活上的拮据，家家如此。俗话说，吃不穷喝不穷，打算不到要受穷。家里的生活全靠母亲的精打细算，吃喝穿戴，一样都来不得马虎。母亲白天在工厂车间上班，下班后洗衣做饭操持家务。晚上，她也不歇息，趁着空闲，就给我做鞋。

母亲纳鞋底的模样，时常定格在灯影下，如同一幅流动的水墨山水画，让人怦然心动。她常常坐在我身旁，我在左，她在右，我写作业，她纳鞋底，谁也不妨碍谁。但我总觉得很温存，心里热乎乎的。

母亲左手握鞋底，右手捏针，专注地一针针穿梭着。"哎呦……"我的心猛得痛了一下。母亲顶针一滑，一不小心，针扎在手上，鲜血流出。"妈，疼不疼？我来吸！"我用嘴吮吸一下，把母亲的血咽进肚里。"儿啊，没事，不疼，好孩子！"

那娴熟的飞针走线，那排列细密的针脚，那呼啦呼啦抽线的声音，真像动听的音符在跳跃。每每看着她这些习惯的动作，我就会发呆。能舒舒服服地躺在母亲的腿上，看着她纳鞋底，该多好啊……

"别发呆，快写作业！"母亲一声批评把我从走神当中拽了回来。

有时，我打着鼾，进入甜蜜的梦乡。当半夜醒来睁开朦胧的眼，却隐隐约约看见，母亲还在熬夜一针一针的磨呀磨……

您歇歇吧！我心疼地说。

母亲说，晚上静没人乱，也容易出活儿。

母亲身边的簸箩是她的一个百宝箱，里面有各式各样的针线、顶针、锥子、鞋样、碎布片以及没有成型的鞋子。我常常光顾簸箩，偷偷去那里寻宝，看一看我心爱的鞋子做得怎样了，要不就用吸铁石吸走顶针、手缝针。

一针一线，千针万线，每一针都穿过母亲浓浓的深情，每一线都连着母亲凝重的牵挂。针越穿越钝，爱越纫越密；线越纳越短，情越缝越长！

摸着母亲硬硬的茧子，才知道原来生活是那么的不易啊！

灯光将母亲熬更守夜、千针万线纳鞋底的身影，投在墙壁上。那让人淌泪的剪影，永远烙印在我的记忆壁上，让人唏嘘不已，怅然良久。

朴素的温情，亲切的感受，历久弥新。

呦，千层底，万重爱……

幸福就在这里

幸，吉也。福，佑也。幸福，祈望得福，吉祥福运也。

幸福的人都是相似的，但时间地点空间的不同，就有不同的支撑点、幸福点。有时吃饱饭是幸福的，有时吃好饭不一定是幸福；有时很贫困是幸福的，有时很富贵却不是幸福的。

著名作家巍巍曾经称赞志愿军是"最可爱的人"。我却要说，关工委老领导是"最可敬的人"。在关工委老领导身边工作的日子里，我被他们的高风亮节所折服，被他们敬业务实的作风所感动，被他们天地无私的胸怀所感染。从他们身上，我读到了什么叫初心、责任和使命，什么叫大爱无疆！

老领导从工作岗位上退下来后，没有赋闲在家，而是走出家门，走进学校，为国解忧，为民解愁，为青少年解难，为广大青少年的健康成长继续无私奉献。他们对青少年浓浓的爱，如暖暖的河流，滋润着青少年的心田。他们发现问题，独具慧眼，眼光敏锐；分析问题，看得远，想得深；处理问题，练达老成，效果明显。

老领导不图名、不服输，不怕累、不懈怠，要求严、水平高。这都值得年轻人学一辈子。老领导对党和国家深怀感激之情，一心一意地扑在关心下一代事业上，为培养教育青少年用心出力，从不计较名利，不计报酬，真是无私奉献。老领导在职时埋头苦干，不甘落后，现在做关心下一代工作仍是自我加压，严格要求，不干则已，干就干出成绩来。正是靠着他们不服输的精神，无论是党史国史教育、传承红色基因教育，还是关工委基层组织和"五老"队伍建设、老年大学关工委工作，山东关工委的工作在全国都有重要位置，社会影响力越来越大。老领导不辞辛苦，有时是废寝忘食地工作。每一次到基层调研，他们都是深入到青少年中间，深入到学校、农村、企业中去，深入到广大"五老"志愿者中去。有的年龄大、身体不好，有的要照顾家中的老伴、孙辈，有的常常熬夜修改材料，等等，他们都没有叫过苦，喊过累。老领导对工作抓得紧，不懈怠，凡事认真，主动作为，不断了解新情况，解决新问题，创新关工委工作。老领导对自己从严要求，认真学习，吃透中央和省委领导指示精神，工作总是身先士卒，凡是要求办公室工作人员做到的，自己先做到。老领导以学习指导实践，在实践中不断学习，不断调查研究，不断总结经验，在工作中体现了很高的水平。

在老领导身边工作，我是幸福的，幸运的。老领导的做人做事，是我今生的榜样。他们对工作人员要求格外严，大到会议服务、文字材料，小到会务的每个细节、文字材料中的每个标点符号，都要求达到精益求精，尽善尽美。

鲁迅先生在《中国人失掉自信力了吗》写道："我们从古以来，就有埋头苦干的人，有拼命硬干的人，有为民请命的人，有舍身求法的人……虽是等于为帝王将相作家谱的所谓'正史'，也往往掩不住他们的光耀，这就是中国的脊梁。"山东八十多万老干部、老战士、老专家、老教师、老模范等"五老"志愿者，就是中国脊梁的一个代表，就是新时代的孺子牛。他们不顾年事已高，不辞劳苦，满腔热情投入到关爱教育青少年事业中。有的结合自己亲身经历，开展感恩教育、革命传统教育、爱国主义教育和传统文化教育；有的收集整理大量史料，撰写爱党爱国爱社会主义教育、法治教育、传统美德和优秀传统文化辅导材料；有的常年担任网吧义务监督员、义务交通安全员，热心为青少年健康成长提供服务。全国离退休干部先进个人、青岛市八十五岁的"五老"宣讲团副团长、周恩来总理的侄子周保章，近二十年共作革命传统教育辅导报告一千三百多场，受教育青少年达八十多万人次。

在服务老领导的过程中，一次次的耳濡目染，一次次的如沐春风，一次次的欢呼雀跃，让我感动，激动，兴奋。这所学校，多么崇高和伟大；这座熔炉，多么美丽和光荣！

一位领导曾经说过："岁月是人生的段落和章节。真情是文学的乳汁和灵魂。"是啊，在人生的征程中，要走好每一步，就要珍视时光，打磨人生，思考社会，感悟人生！

所以，幸福就在于回味，在于感动。幸福就是满足，幸福就是知足！

第一件好事还是读书

中国近代杰出的出版家、教育家张元济先生写过一副对联:"数百年旧家无非积德,第一件好事还是读书。"这与清朝乾隆年间的大学士——纪晓岚写的一副对联"一等人忠臣孝子,两件事读书耕田"有异曲同工之妙。

读书人把"修身齐家治国平天下"作为追求的终极目标,是最远的风景。读天下书,是头等大事,妙不可言,满足精神之需,创千秋伟业。

季羡林先生在《我的读书经历》中这样写道,在所有的课程中,我受益最大的不是正课,而是一门选修课:朱光潜先生的"文艺心理学",还有一门旁听课:陈寅恪先生的"佛经翻译文学"。这两门课对我以后的发展有深远影响,可以说是一直影响到现在。我搞一点比较文学和文艺理论,显然是受了朱先生的熏陶;而搞佛教史、佛教梵语和中亚古代语言,则同陈先生的影响是分不开的。季羡林先生认为自己的治学受益于"旁门左道"——国学大师的选修课。这也是他的读书心得与体会。他做了世间最美好的事情——读书,成就了自己的学术人生——梵学、佛学、吐火罗文研究并举，中国文学、比较文学、文艺理论研究齐飞，其著作汇编成了二十四卷的《季羡林文集》。

著名作家贾平凹说，一个人读书，能让心灵安静；一群人读书，能让思想产生光芒；一个民族去读书，也必将使这个民族走向文明与进步。是的，让读书的脚步，慢慢走来，让读书成为生活的一部分，慢慢浸入骨髓，走近宁静，走向文明。

"一个不读书的人是没希望的人，一个不读书的民族是没有希望的民族。"读书在生命中的意义何其重要，分量何其重啊！

读书使人进步，使社会进步。读书虽不能让我们生活得更好，但会让生活变得更加多彩。因为人生的高度，生活的宽度，修养的广度，延展的界限，决定着人生的质量。读一本书，跟书中高贵的灵魂对话，与古人智者谈天说地，享受他人智慧，感受自己没有感受过的体验，经历与众不同的人生。当多种人生相互叠加之后，自己也会变得有厚重感，拥有人生的厚度，超越了平凡人生。

阅读之事，就像临湖照镜，好书就像蜂蜜，坏书就似毒品。好书不厌百回读，熟读深思子自知。临渊羡鱼不如退而结网。自己要鼓足勇气站到水边，即使波涛汹涌，也要毫不畏惧，捉住湖中鱼，照出颦与笑，读懂人生路。

美食"呱嗒"哒哒响

"呱嗒"一词，涵义甚多。可作象声词，如走路呱嗒呱嗒地响；可作方言，呱嗒人是指挖苦人，呱嗒着脸则表示因不高兴而板起脸，乱呱嗒一阵又寓意说话太多太随意。"呱嗒"真正出名的就要数一种面食，乃山东聊城的传统名吃。

呱嗒，起源民间，创于清代，两百多年的风雨传承，足以将面食文化厚重的历史轻轻举起。沙镇杨家呱嗒是其佼佼者，流传久远，最负有盛名。呱嗒虽是一种煎烙的馅类小吃，但制作考究，味道鲜美，色泽金黄，内外有油，皮酥里嫩，食之香酥，有馅有面，广受欢迎。徜徉江北水城聊城，大街小巷，宾馆酒肆，城镇闹市，乡间集日，都有卖呱嗒吃呱嗒的身影。这像极了聊城的一张名片。

姓名，姓氏和名字的简称；名字，为名和字的合称。"山不在高，有仙则名。"这种好吃的面食，倒有个响亮的名字——呱嗒。有人说，因呱嗒长得像说快板艺人的道具"呱嗒板"而得名，这是形似说；有人讲，制作时，擀面杖与面团在案板上发出"呱嗒呱嗒"之声，尤其是最后一下的响声最大，也最为清脆，将其吃在嘴里，也会发出"呱嗒呱嗒"的声音，这是音似说；还有人附会，与清人郑板桥压生饼的声音和形状有关联，这是名人说。相传，沙镇杨氏家族从山西老家迁徙于此，带来祖传煎肉饼的拿手绝活。郑板桥到范县做县太爷时途经沙镇，便慕名观看。谁知围观的人多，你推我挤，恰巧把专心致志的郑板桥拥在前面，他的一只手正好把一个生肉饼压扁了。主人把这个肉饼煎熟吃了，顿感味道奇特，循照此法，照样香酥。主人遂用郑板桥压生饼的声音和形状，取肉饼为呱嗒。当然，不论哪种说法，都已无从考证，但都是老百姓对呱嗒的喜爱，对面食文化的敬仰。

过去做呱嗒的师傅，都是随着人流走，大集在哪里，炉灶就安在哪里，呱嗒就卖到哪里。案板上面敲两下，打呱嗒的生意就开张了，天南地北的，人富人穷的，围拢过来，看热闹，尝呱嗒，百态人生。背炉灶是个力气活，天天行走在路上，打呱嗒是件苦差事，天天守着一口油锅。干这一行，很是辛劳，很是辛苦，油温超过二百摄氏度，用手快翻，眼疾手快，不觉热烫；凌晨五时起床和面，准备馅料，晚上九时打烊结束。一天下来，油斑点为衣服点缀成边花，油烟味汗味包裹全身。

"荞熟油新作饼香。"打呱嗒，首要的是和面。天冷天热，四季各异，和面也不同，要像知暖知心的娘对待长大的孩子那样细心入微。和死面需用温水，不可用冷水。春秋和面，烫面死面可三七成分，夏天和面，烫面死面要二八成分，冬日和面，烫面死面亦四六成分，烫面死面生死相依，掺在一起揉软，饧二十分钟左右即可使用。

其次，调配馅料相当讲究。馅料多种，有肉馅、鸡蛋馅、肉蛋混合馅等。肉蛋混合馅又名"风搅雪"，多有诗意的名字！云淡风轻，雪花飞舞，风花雪月，肉馅蛋馅混搭，你中有我，我中有你，真像雪花被大风刮过之后的模样。调馅，手要顺着一个方向搅，这样，馅会比较紧凑，容易粘在一起；倘若乱搅一通，容易松散散架，就不易成型。

再是，捏馅擀饼。大葱与净猪板油混在一起叮叮当当剁，制成葱油泥。揉好的油面团揪成一个个等份的面坯，用擀面杖把面坯擀成长而薄的面皮长片，抹上葱油泥、精盐、花椒粉，卷成卷，两端捏严，擀压成矩形。

最为繁琐的当说是平鏊烤熟。把净猪板油切成块，放在鏊子上，待平鏊烧热，猪板油化了，浸润了鏊子，再把饼放上烙。油滋啦滋啦的响，升腾出美丽的烟气，飘入鼻子的香味，令人身心欢喜，真是欲罢不能。反反复复烙上四次，两面呈黄色，挺直身板后，再放在叉子上送到鏊子下面烤。烤时，人不能闲着，须向饼上不停地刷花生油四次，熟至金黄色即成。

肉呱嗒，肉与酱油、姜末、葱油泥混合成馅；而鸡蛋呱嗒要复杂些，鸡蛋一磕，入碗里，搅拌匀，灌入已烙好尚未烤的呱嗒，灌满，灌匀，捏好口，不露汁。听打呱嗒的师傅讲，面团要揉匀饧透，冬天饧制时间略长，夏日略短；烤制受热要均匀，以免外焦里不熟。当然，要领归要领，须记得熟能生巧才能成为行家里手。

呱嗒盛出，置于案板，刀切两半，端至眼前，色泽金黄，灿烂夺目，若向阳花开，令人垂涎三尺。那形长似"呱嗒板"，顿时想起说书艺人，这打呱嗒的手艺，难道不是艺高人胆大的绝活吗？只见切口处露出馅料，鸡蛋黄灿灿的，熟肉粉嘟嘟的鲜嫩嫩的。外皮酥，内瓤嫩，馅儿鲜，饼儿香，蛋肉面合一，看一眼，醉一生。拿一双筷子，趁热尝一口，香飘四溢，口水四溢，尝一口，美一生。

这几年，呱嗒走出乡土，走出家门，香味飘四方，流传到各地。当兵的经商的读书的打工的，离开家乡聊城，通常都会带上当地的特长，好吃的呱嗒作为礼品馈赠送人，有的被带到深圳、香港、澳门，还有的被带到新加坡等异国他乡。很多来聊城旅游的参观的出差的，也纷纷慕名前来看呱嗒吃呱嗒带走呱嗒。

小呱嗒，闯京城，状元饼，扬天下。打呱嗒的人也越来越多，京城北京、泉城济南等地都有了呱嗒店铺、呱嗒摊。有些手艺人凭着打呱嗒的本事，在大城市开起了小吃店，靠着这呱嗒发家致富，生意火爆，热闹非凡。

　　今日聊城，古称东昌府，又因古城池位置和布局状若凤凰，故称"凤凰城"，美丽的东昌湖环绕古城，京杭大运河和徒骇河马颊河横穿，城中有水，水中有城，一幅画卷，百舸争流。中国四大私人藏书楼之一海源阁主人杨以增，"五四"运动的学生领袖、民国时期的学界领袖傅斯年，国学大师、学界泰斗季羡林，著名国画家李苦禅、孙大石，曾生于斯长于斯，这让古城增加了深厚的人文豪情。试想，这些大家在童年在青年在壮年在老年品尝呱嗒，又是一种怎样的情景？

　　我心想之，神往之，是嚼得乡情，百事可做，还是嗅得乡味，泪流满面？

165

深夜一盏灯

西方一位哲人说过:"世界上并不是缺少美,而是缺乏美的发现。"是的,自然美、社会美、艺术美构成了美学的主要内容。审美者的态度、文化涵养、禀性嗜好的不同,抑或审美角度的差异,往往造成对同一事物的美认识的不同。聪明的读者,你是否有过忽略世间最温暖人心的人性之美的时刻?

一次偶然的机会,我在不经意间充分感受到了温馨之美,震撼心灵的感动。那普普通通的灯光,让我有了对美的再认识。

午夜十二时,我因工作加班而独自夜行回家。整日伏案工作,在电脑前不停地敲击文字,自己俨然变成了"码字师傅"。虽然长时间的熬夜使我浑身疲惫,但完成工作的惬意,似乎又使我成为沙场凯旋而归的勇士。

我在黑夜中前行,寒风扑面而来,一股寒流从我未遮严的衣服领子里窜了进来。全身的颤抖,证明了寒风的凛冽,它似乎在昭示它才是冬天里的霸主。月亮不会理睬寒风,依然淡如银。那淡淡的月光洒在我的身上,让我披满银光。街上的刺槐光秃秃的,弱小的枝条在寒风中摇曳,仿佛在讲述着一个凄惨而悲壮的故事。寒冬深夜的街道,一片寂静,仿佛能够听见大地沉睡的鼾声。

路旁看门的大爷在单位里巡逻,他的屋内灯火通明,给我这个拼命蹬车的夜行者,一丝温馨,一丝温暖。此时的灯光如同小暖炉,温暖了我的心,让陷入寒冷的我有了更大的勇气和希望。

在前方,我隐隐约约地发现一个身影。蹲在一方,特别的窘,让我似乎明白那是一位年长的老人。从他利利索索的动作中,我又意识到他应该是夜中拾荒者。原来,在夜深人静之时,还有继续劳作的人。他的一阵咳嗽,让我对他的健康有些担心。我开始注意他的面容,消瘦的老人,爬满额头的皱纹——这是岁月留下的痕迹。一种油然而生的敬意,一种担忧的好奇,让我停下了车子。为了不打扰他的工作,在一个隐蔽的角落里,我要看一看究竟。

如果自己是一位摄影师,我敢保证这绝对是拍照的上等素材。我想用心去观察,又想靠近帮忙。当然不是窃窃自喜地愚弄他,不是心生怜悯地施舍他。而是聆听一下——静夜风的心跳,感受一下——深夜里感动我的老人。

一双粗壮的大手,一个铁制的耙子,如此简单的工具,在他看来,那是他的武器装备。生活的艰辛压得无数人喘不过气来,这位老人却从容不迫地面对。这难道不是笑对人生吗?他不靠乞讨为生,苟延残喘地过活,这也是难能可贵的。对于一位老人来说,即便他可怜兮兮地跪地求活,我们应该同情和怜悯,毕竟他是年长者。更何况他没有那样作践的活着,我愈发地钦佩了,伸出大拇指。

他不向生活屈服,不向命运服输,而且选择了一种活法——自己救自己、自己帮自己。老人不懂生存之道,不晓得生存哲学。我知道,他自食其力,心安理得,让自己吃上饭。这难道不是一个大写的人吗?他不惧怕寒夜的孤独和无助，不惧怕嗤之以鼻的肮脏气味。他正用双手演绎着欢乐的节拍，用平凡演绎着唯美的旋律。这是何等的自信，这是何等的豪迈！

夜更深了，前方的灯光更亮了，自己的心中充满了阳光，我骑车的速度霎时间更快了。

我推开家门，又回到了温馨的港湾。拧开台灯，我要用笔记下那位在深夜感动着我的拾荒老人。

闲言碎语说说牛

不知道你对牛有多少了解呢？今天，我试着说一说。

牛是通人性的动物，是有情感的动物。据《汝宁府志》记载：明正德年间，在汝宁做官的毕昭遇到一个奇怪的事。一头小牛犊忽然闯进府里，跪在他面前哞哞低鸣。毕昭不解地问道：你难道也有冤屈吗？小牛犊竟然真的磕起头来。于是，毕昭马上派人跟着牛犊探个究竟。结果竟然一路到了屠夫的家，只见地上绑着一头正准备开刀的牛。原来这头牛就是这牛犊的母亲。于是老牛得以生还，没有被屠宰。小牛犊磕头救母，是多么感人的故事啊。

我在网络上看到相似的故事——一头将要被屠杀的牛哭泣求饶的感人故事。一群工人牵着一头牛，准备将它宰杀做成牛排。当他们靠近屠宰房门口时，那头悲伤的牛突然停步不前，两只前蹄往前跪下，眼泪也跟着簌簌地流了下来。那群工人看到牛那充满恐惧和悲哀的双眼时，都忍不住地落泪，放下刀子。任凭人们如何推拉那头牛，可是它却一动不动，只是坐在那边不断地流泪哭泣。有人拍拍牛，告诉它，不会伤害你了！那头牛才爬了起来，仿佛听得懂人所说的每一句话。

我以前总以为，动物不会哭泣，只有人才会哭。谁能想到牛哭泣时却像个婴儿！人在悲痛万分的时候，肯定是要流泪的，在高兴时也会流泪。还有，在眼睛里掉入灰尘的时候，也会流泪，流泪具有保护眼睛的作用。牛马在被牵进屠宰场时，眼睛会涌出大量的泪水，大概它们已预感到了自己悲惨的命运吧。

据说，牛怕看人的眼睛。它的目光如秋水一样清澈，似棉花一样温柔，平时不是平视，就是低头。古人说，牛畜之有力而顺者，但有竖瞳，而无横瞳。见物辄长造天，故童子得而制之。可以这样理解，在牛的眼睛里连一个小孩子都会被放大成巨人，所以牛从心里是害怕人的。

再说一说关于牛的传说。传说无法考证，口耳相传，不妨姑且听听。相传，在远古以前，牛本来是天上的一位主管人间天花出痘的麻星官。因未按玉皇大帝旨意行事，贪功心切，酒醉误事，阳奉阴违，涂炭生灵，被贬下凡去人间吃草，入犁耕地，将功补过，永远做牛。牛知过即改，任劳任怨，勤恳踏实，拉车犁田从不松套，为农夫做了不少工作，博得人们的好评。在排生肖的时候，一至推举它为生肖。

我们的老祖宗的立国之本是以农为本，最讲究的就是农时。《事物纪原》中讲："周公始制立春土牛，盖出土牛以示农耕早晚"。所以宣告春天的到来，对于全国来说都是一件大事。周宁戚在《牧牛说》云："每遇耕作之月，除已牧放，夜复饱饲，至五更初，乘日未出，天气凉而用之，则力倍于常，半日可胜一日之功。日高热喘，便令休息，勿竭其力，以致困乏。此南方昼耕之法也。若夫北方，陆地平远，牛皆夜耕，以避昼热，夜半仍饲以刍豆，以助其力，至明耕毕，则放去。此所谓节其作息，以养其血气也"。这可能算比较全面介绍养牛的理论了。

牛是很神奇的动物，常常被人赋予象征意义。青铜器上的牛，多作为常见纹饰，放在显著位置，基本都是抽象的。天上的神仙喜爱骑牛招摇过市，地府的牛头马面是最令人生厌的鬼差，牛魔王在妖精中是个神通广大的魔头。大禹治水曾以牛镇河患，李冰治水曾变成牛与江神斗法，牛化作镇水的神灵。那个家喻户晓的传说——牛郎织女天河配，让神牛成为人们心中最美的牛。

　　牛与人的生活息息相关，在很多时候很多地方都能找到它的身影。在青铜器上，我们看到弯弯的犄角，大大的耳朵，圆圆的眼睛，活灵活现。

　　牛为"仁畜"，被赞称为"神牛"，《说文·牛部》所收录的字，能够反映一部分牛文化。文字是文化的载体。自"牛"字产生，在后来的发展中，与牛相配的文字便多了起来。

　　牛憨厚、温良、悠然、自信，它行走在诗歌当中，成为人们所向往的田园生活中最具代表性的意象。你们看，杜甫《送韩十四江东觐省》"黄牛峡静滩声转，白马江寒树影稀。"李绅《宿扬州》"夜桥灯火连星汉，水郭帆樯近斗牛。"你们再看，张籍《牧童词》"入陂草多牛散行，白犊时向芦中鸣。"袁枚《所见》"牧童骑黄牛，歌声振林樾。"

　　牛在华夏文化中是勤劳的代名词。无论是用牛拉耕犁以整地，还是用牛交通甚至用于战争。战国时的齐国使用火牛阵打败燕国，三国时蜀伐魏曾用到牛搞栈道运输，宋朝私自宰杀牛是犯法的。

　　牛在西方文化中是财富与力量的象征。牛在印度教中被视为神圣的动物。牛是圣母，不可亵渎的，所以牛产下的东西也是圣洁的。印度人在身上涂满牛粪认为这样驱病祛邪。

　　牛在西方文化中也代表直率和毅力。西班牙则是将牛当作冒险娱乐的对象，例如专业的斗牛与常民化的奔牛活动。利用牛对红色敏感的特性，借激怒牛然后由斗牛士与之决斗。

　　我更欣赏牛的质朴、无私、坚忍、敦厚，它的个性伫立在中国人的心里。既代表了农民，又象征着土地，更折射出中国人骨子里的信仰和精神。

　　这大概就是中国的牛吧？

　　天地间最可爱的牛！最美丽的牛！

耳朵，耳朵

"耳"，甲骨文是标准的象形字，蘑菇状，听声音，被切下的外廓。远古战场上，武者割下对方的耳朵，即杀人夺命，就作为评价战功的佐证，后世叫作"取"。"耳"是"取"的本字。"耳"的金文、篆文、隶书、楷书简化变形，磨菇形消失、手形消失。"耳"成了名副其实的"长在头部两侧的蘑菇状听官"，"取"在"耳"旁再加明确的"又"（抓）另造代替。"耳"同"取"两兄弟正式分家另立门户。

云过天无影，船过水无痕。白云千态，云飘过天上却没有留下影子；顺水行船，船行过水面却没有留下波痕。一切都会成浮云，过眼云烟，不必在意得失。"雁渡寒潭，雁过而潭不留影；风吹疏竹，风过而竹不留声。"万事万物不论苦乐长短，应当随遇而安，尽心竭力做事不求回报，保持本真自我不失自然。

"冬至不端饺子碗，冻掉耳朵没人管。""好吃不过饺子。"那饺子有什么来历呢？

一千八百多年前，医圣张仲景辞去长沙太守告老归乡。在故土白河岸边，冬日寒风瑟瑟，老百姓衣衫单薄，大人小孩的耳朵冻得发紫成疮溃烂。仲景触景生情，见不得百姓穷苦饥寒，一行热泪簌簌而下。南阳东关，临时医棚，一口锅，一堆柴。天凝地闭，冷风如刀，柴禾噼里啪啦，火焰亲吻着锅底，羊肉美味飘香四溢。乞药之人纷至沓来，每人领到一碗汤，两只"娇耳"（用面皮包成耳朵状）。吃"耳"喝汤，浑身发热，血液通畅，两耳变暖。吃了一段时间，耳朵上的冻伤开始有了好转，烂耳朵逐渐痊愈。病人大呼，神药，神药！仲景从冬至到大年三十一直在免费舍药治病。这神药名叫"祛寒娇耳汤"，羊肉、辣椒和附子、肉桂、干姜等药材在锅里大火煮小火熬，煮好后再捞出切碎，用薄薄面皮包馅成"娇耳"，下锅煮熟后分给病人。大年初一，辞旧迎新，老百姓庆贺新春佳节，庆祝耳朵康复，就仿照"娇耳"的模样，面皮包裹，食料匿藏，煮熟食用。"娇耳"变成了"饺耳"或"饺子"，在冬至和大年初一煮吃，就是为了纪念张仲景开棚舍药和治愈病人。

晚清民国时期艺术大师吴昌硕，集"诗、书、画、印"为一身，融金石书画为一炉。仓石先生于甲午海战逾耳顺之年从军，担任吴大澂的幕府，虽未亲身上战场杀敌，但他的耳朵却不幸被炮声震聋。仓石先生在《蕉阴纳凉图》写道："行年方耳顺，便得耳聋趣。"不逾矩之年，他自号"大聋"，自刻"吴昌硕大聋"印，在《自题七十七岁画像》中又题写："聋如龙蛰，瘸如夔立。"聋了就像龙一样蛰伏，瘸了就像夔一样单脚站立。他自诩大聋，不再听任何人的闲言碎语，不受外界尘世干扰搅扰，一心只吟诗、作画、临帖、治印。他耳虽聋，却听得到惊雷之声，在无声的境地寻觅一方净土。

罗根说过："耳朵听到的旋律是美妙的，但是，听不到的旋律更美妙。"许多神秘的声音、高山流水，非耳朵听出来，更是用心去感知领悟和触摸。伏尔泰说："耳朵是通向心灵的路。"学会倾听至关重要。倾听的耳朵是虔敬的，倾听的心灵是敏锐的。心灵之路，并不遥远。倾听的耳朵和倾听的心灵，成为你拥有忠实朋友的杀手锏。

173

乡愁，你到底藏在哪里？

　　我喜爱诵读纳兰性德的"风一更，雪一更，聒碎乡心梦不成，故园无此声"，更爱醉心吟诵张炎的"写不成书，只寄得、相思一点。"古人用几个词语、几个意象就能把乡愁刻画得如此恰到好处，描摹得如此淋漓尽致。故园无声，寄信相思啊……

　　上学读书时，读余光中的《乡愁》，更见识了游弋于海外的孩子对母亲祖国的恋念和不舍。"乡愁是一枚小小的邮票……乡愁是一张窄窄的船票……乡愁是一方矮矮的坟墓……乡愁是一湾浅浅的海峡。"是的，走得越远，想得越切，牵挂得越多。远离故土或者故国的游子们、漂泊者，谁不想亲吻自己的家乡一抔黄土？

　　乡愁，你到底是什么？请你快快告诉我？

　　有人说，乡愁是一杯酒，乡愁是一碗茶，乡愁是一道菜。

　　有人说，乡愁是一朵云，乡愁是一阵雨，乡愁是一幅画。

　　也有人说，乡愁是一座山，乡愁是一条河，乡愁是一片情。

　　乡愁，你到底在哪里？请你快快告诉我？

有人说，乡愁在古诗里暗藏。唐朝诗人杜甫写过"幸不折来伤岁暮，若为看去乱乡愁。"明朝诗人常伦有"高高见西山，乡愁冀倾写"诗为佐证。

有人说，乡愁在民俗里躲藏。春节回家过年是隆重的古老的民风习俗，每到大年初一这天，人们便有了拜年、贴春联、挂年画、贴窗花、放爆竹、发红包、穿新衣、吃饺子、守岁、舞狮舞龙、挂灯笼、磕头等活动和习俗，大家一直在遵守。清明时节回乡祭祖，端午挂钟馗像悬菖蒲、赛龙舟吃粽子，中秋赏月吃月饼等传统，大家一直在传承。所以说，民俗里蕴藏着乡愁，乡愁里载着民俗。

也有人说，乡愁在民族精神里潜藏。这种挥之不去的文化记忆，永远藏在人的心里。它潜移默化地影响着人的一言一行、一举一动，编织成人的成长之路。物欲的东西越纷繁复杂，人的内心深处越渴望获得精神上的满足，越需要串起生命之流、体悟生活真实的乡愁与相思。尽管生存环境变好了，但我们的文化记忆没有变，乡愁最能给我们带来温暖的拥抱与安慰。

乡愁，你到底是什么？你到底在哪里？请你快快告诉我？

我想，我已经找到了答案。谜底不就是在身边吗？

回望故乡梦见山，思念故土想起水，那便是记得住乡愁。

乡愁，就在父亲夕阳西下的背影里，就在母亲裸露白发的灯影里。

那村边的潺潺流水，那村口的亭亭如盖的参天大树，那村中的古色古香庄严肃穆的祠堂院落，那隐藏其中的乡土记忆与故事，都是活生生的乡土情怀、乡愁价值。

乡愁，煎熬，等待，聆听。等我们老了，一起品香茗，听老歌，慢慢回味乡愁；等我们老了，安详地坐在树下听花开的声音，看那阳光暖暖的照在树杈上，静静漫游乡愁。

是啊，乡愁的情愫牵动着我们，如同一根绳索牢牢地牵着我们的手向前走。那里不出名的山,那里流转的水,那里的老井老屋,那里的质朴乡亲,那里的一切,都是乡愁。

不论你走到哪里,不管你身在何方,总有一种浓浓的情愫在心间,总有一种难舍难分的情感荡漾在心里。

张弼士留给烟台不仅仅是葡萄酒

一百多年前，有一位爱国商人，在一次交谈聊天时"偷到"了一个锦囊——"如用山东烟台所产的葡萄酿造，酒色并不逊色。"他听后心里无比激动，十分震惊，将此事牢记心中。

他到烟台商讨兴办铁路事宜之时，借机对烟台全面考察，了解土质气候，了解风土人情，了解人心本性，天时地利人和俱佳，于是当机立断，在此投资设厂。

谁也没有想到当年小小的葡萄厂，竟成为中国第一个工业化生产葡萄酒的公司，竟一百多年屹立不倒存世发展，竟为国争光惊艳世界。

将历史的钟表庄重地拨至1915年，巴拿马太平洋万国商品博览会上，就是这家酒厂送来的"可雅白兰地""红萄萄""雷司令""琼瑶浆"，可谓华丽转身，让老外惊叹不已。因为，这四种葡萄酒一举荣获最优等奖和4枚金质奖章，这是中国商品首次在国际上获得如此殊荣。"可雅白兰地"高傲地昂起头颅，挺起胸膛，大步向前。创造如此辉煌战绩，就是张弼士先生。

我们应该感谢张弼士先生。谁说葡萄酒就天生属于西洋人。大唐盛世，王翰不是写过"葡萄美酒夜光杯，欲饮琵琶马上催"吗？男儿从军，琵琶作声，葡萄美酒鲜艳如血，白玉夜光杯晶莹剔透，开怀痛饮以身许国，生死置之度外，为国捐躯无所惧，醉卧一次又何妨。张弼士先生永远地改写了葡萄酒这种极品酒只属于西洋的历史。"国魂酒"——"张裕酒"寓意昌裕兴隆，张氏爱国精神传递于世界。难怪孙中山先生题词"品重醴泉"，以示嘉勉。

走进烟台张裕酒文化博物馆，好似进入诗境，古色古香，好似进入画卷，风景如画，如此文化焉能不醉？步入陈年酒库，阵阵酒香扑面而来，使人初闻三分醉，未曾入口早销魂。如此美酒焉能不大醉？

张裕葡萄酒之所以拥有迷人的色泽，优雅的香气，醇郁的口感，悠长的余味，与烟台的天地、草木、山水结下了不解的情缘。此时，我终于明白：水为酒之神，"粮"为酒之精，土为酒之气。张裕葡萄酒，难道不是集天地之灵气，聚日月之精华而成的玉液琼浆？

张弼士先生是地道的"红顶商人"，不仅在晚清时期的国内政商两界声名赫赫，还经常代表清政府在海外叱咤风云。他急公好义，一生倾注于"实业救国"，给当时积贫积弱的祖国和举步维艰的革命事业以慷慨支持。他声教南暨，在海外倡导教育，为弘扬中华文明更是不遗余力。

"国家贫弱之故，皆由于人才不出，人才不出，皆由于学校不兴，我等旅居外埠，积有财资，眼见他西国之人，在埠设西文学堂甚多，反能教我华商之子弟，而我华商各有身家，各有子弟岂不可设一中文学校，以自教其子弟乎？"这是他的慷慨陈词，拳拳赤子之心，殷殷报国之志令人折服。这就是张弼士先生的爱国情怀。

中国的洛克菲勒张弼士先生不仅仅是留给烟台一座酒厂，更是一种精神。

大哥，你好！

  他皮肤黝黑，粗糙，黯淡，整天风吹，雨打，日晒。他默默地站在门口，检查着进入大院办事的车辆。他往往被人当成保安。其实，他干的是物业的活。平平凡凡的他，却站成了军人的模样。他有时在院子里巡逻，打扫道路，修剪树木花草。
  每次经过大门口，或遇到他，我都主动同他打招呼，聊几句。早上上班说话来不及，就老远喊一声："大哥，你好！"他的微笑浅浅，美好而恬静，也是淡淡的，像轻云一样，揉在温暖里。
  我见过他在一个角落里，在一个属于他自己的安静的地方，点上一支烟，烟雾缭绕，放飞厚重的牵挂；也见过他在一个角落里，在一个属于他自己的安静的地方，抚摸一张照片，神情陶醉，飞翔厚重的思念。
  时间长了，我才知晓关于他和他对象的故事。
  ……
  每天凌晨三点，他准时蹬着一辆旧三轮车去菜市场批发菜。他起得格外早，也必须早起，因为他懂得晚起和来晚的后果——好菜抢不到，一家人吃饭没着落。他像上满弦的发条,不停转动的陀螺。他一直在争抢时间,争抢着分分秒秒。

城市里,街道在酣睡。蔬菜批发市场里,喧闹一刻都没有停息。外地的大卡车运来蔬菜,菜贩子围过来争抢新鲜的蔬菜,刹车声,砍价声,吆喝声,在黑夜里探出头来,如同安静的湖面泛起浪花。

他为了讨好菜贩子,往往当他们的免费搬运工,帮着卸菜,堆菜,码菜,打扫清理门面。他往往在各个菜摊走走停停,瞧瞧看看,挑挑拣拣。

他在菜摊前来回转悠,瞧菜量,看成色,问价钱,选来选去,然后将菜单往那里一扔,"老板,帮我打好包。"他一边把蔬菜一样一样地捆扎好,一边同卖菜老板套近乎聊天。无非都是一些客套话:"老板,一定给我留些新鲜的好卖的菜,一家老少的生计全靠您啦!"

因为城管查得紧,他的妻子只能在一个小区偏僻处卖菜。大约六点钟,他和他的妻子早已摆好摊位,准备就绪,等待生意开张。其实,他只有一个半小时卖菜时间。八点钟,他必须赶到单位站岗值班。这就是他的时刻表,同列车一样准时准点。他多年已经习惯了这样的日子,这样的家常便饭。

他告诉妻子,卖菜,卖的是良心,不能短斤缺两,不能赚昧良心的钱。买菜的,也不容易,能让就让,买卖不成仁义在。妻子有时也唠叨几句,埋怨他憨头傻脑的,只顾自己吃亏。他总是笑笑,笑得很天真,很真诚。

家里的老娘卧床在家,吃喝拉撒睡不能自理,为了治病欠了十几万的债,两个孩子没成人,老大上高三马上要考大学,老二刚刚上初中,正是能吃能睡长身体的时候,妻子身子骨弱,一身病,药片子不离手。别人说起这些,都唉声叹气,好似天要塌了下来。他却一脸平静,看不出生活压得他喘不过气来。他是一条硬汉子,要强了半辈子。他说,现在苦个啥，当年在青藏高原当兵跑运输都不觉得苦。日子啊，咬咬牙就扛过去了。

中午，他的同事都休息，他没时间歇息，跑到菜摊帮妻子看摊。她告诉他："现在买菜的老太太很精明，菜翻看个遍，讲半天的价，嘴里还不停地念唠着菜不鲜，价钱太贵了，叽叽喳喳唠叨个不停。我没埋怨。结账还让她钱咪。""这样做，就对头了，买菜的也不易。"他表扬妻子。

趁着空闲，他收拾菜摊子，蔬菜被摆放得整整齐齐，像列队的士兵。看到蔬菜叶子发蔫了，他用洒水壶喷点水。他吃饭狼吞虎咽，吃面条扑哧扑哧。他为了赶时间，为了让妻子打个盹。

傍晚了，下岗的都来菜摊捡漏。认识的，他的妻子就直接给，有时也象征性的要几块钱。人都有自尊心，谁也不愿意让人家瞧不起。

傍晚，楼上的灯亮了，小巷子显得安静了一些。他的妻子收拾菜摊，从菜堆里把剩下的菜带回家，给他和孩子、老人改善生活。院子的灯亮了，他还在院子里执勤，还不能回家。他心里亮堂得很，妻子的笑脸，母亲的安逸，孩子的读书，都在眼前；洗脸水打好了，手擀面做好了，孩子的作业写完了，都在眼前。他感觉，自己很幸福，天地间只有他一个人幸福。

……

那次，我因加班回家很晚。远远望见他，喊一声："大哥，再见！"灯光下，他的微笑浅浅，美好而恬静，也是淡淡的，像轻云一样，揉在温暖里。

狗通人性，我深信不疑

狗不嫌家贫，儿不嫌母丑。狗是忠臣，猫是奸臣。这是母亲告诉我的。我至今深信不疑。

童年里，父亲的同事送我一只小笨狗，它才两个个月大，一身短毛，弯弯曲曲，扭着圆圆的屁股，慢慢腾腾地爬，可爱极了。我给它起了一个叫"孩儿"的名字。我的好吃的，奶粉、火腿肠，都有它的一份。它慢慢长，变高，变壮，变威猛。

"孩儿"成了我的小跟班，小伙伴。后来，它长大了，我俩亲密无间。每次上学，它都护送我到院子门口再跑出来；每次放学，它老远地跑过来迎接我。写作业之前，我都陪它玩一阵子，捉迷藏，比赛跑，丢沙包……我从来都没有孤单过，因为有它跟随着我，陪伴着我。我呼喊"孩儿孩儿孩儿……"它便飞奔过来，围着我转圈，围着我跳高，听我的指令，做各种动作，蹲下，起立，跳跃，打滚。我给它梳毛捉虱子，抱着它，抚摸它。我因学习不好被家长骂而伤心落泪，它依偎在我的身旁，吐出舌头舔着我的泪花。

有一段时间流行打狗运动，好狗疯狗一起打。父亲怕被人家举报，担心"孩儿"成了牺牲品，没有办法只能送到老家藏起来。父亲骑着自行车带着我，"孩儿"跟着车子伸着舌头跑。我担心啊，六十里的路，"孩儿"撑了下来。其实，我心里始终放不下"孩儿"，不知它过得怎样，好还是不好，生病没有，吃得饱吗？让人痛心的事情，终于发生了。半年后，"孩儿"没有逃过一劫，被老家打狗工作队打死了。我不敢想象"孩儿"被打的场景，凄惨，撕心，裂肺；我更不敢想象"孩儿"被打时的眼神，幽怨，哀伤，无助。

我同自己喂养的狗很亲近，但与外人的狗、外面的狗却敬而远之。小时候，我寒暑假都要回老家住一段时间，跟着奶奶在大街上玩，听长辈们聊天拉家常。我和几个小伙伴追逐着，打闹着。邻居家的一条大花狗，不认识我这个"外乡人"，龇牙咧嘴，朝我汪汪直叫。我心里慌张，跑着躲到奶奶身后。那大花狗却不依不饶，偏偏和我杠上了，如离弦的箭窜过来，在我屁股上恶狠狠地咬了一口。我吓哭了，疼得嗷嗷叫。奶奶被突如其来的事情吓惊了，不知所措。多亏邻居抄起棍子劈头盖脸去打大花狗，大花狗灰溜溜地逃跑了。后来，奶奶用土办法，在大花狗身上剪一撮毛，用火燎一下，在我屁股的牙印上抹一抹。小脚的她，颤巍巍，风急火燎，在村口的大槐树底下，念念有词："摸摸毛，吓不着，摸摸耳，吓一会。大花狗，讨人嫌，我孙子，好万年。"在不知不觉间，在奶奶的祈福声中，我的屁股不疼了，但心里埋下了种子——遇到狗就打怵。

农村养狗，狗趴在大门口，看家护院。大伯用铁链子把老狗拴在院子里，不是担心老狗溜之大吉，是防止它伤害到串门的乡亲。外人来家里串门，老狗给他们的礼遇都是狂吠一通，根本摁不住。但是我们全家人回老家，它却表现出异常的兴奋，摇着尾巴向我问好，伸出舌头舔我的手，一个劲地围着我跳，梅花瓣印在我身上留下痕迹，好似多年未见的朋友再次相逢。它在我面前撒欢，转头摇尾，亲得不得了，好像在问怎么好久没有见你啊，你到哪里去啦？

在老家小住的日子，我又多了一个好朋友，一个保护神。它长着一双大眼睛，眼神中透着机灵和顽皮，脖子上挂着铃铛，发出一阵阵悦耳的声音。我出去玩，它在前面带路。我停下脚步东张西望，它立在一旁为我站岗放哨。

当我要离开老家之时，它表现出忧伤，用爪子拍打我，使劲摇着尾巴。我拍拍它的头，摸着问它："怎么了？"它仿佛听懂了我的话，把两个前爪搭在我的腿上，看得出，它不舍不得我走。离开那天，它挣脱绳索，一直跑到村口，眼睛望向远方，望着我的背影。

老狗是大伯家的功臣。有两个小偷夜间翻墙来家里偷牛，弄出了动静，老狗瞪着大眼汪汪大叫。大伯起床看究竟，那两个毛贼吓得撒腿就跑。每年夏收秋收，各家的麦子、棒子、豆子都放到大场院里。老狗就趴在大伯家粮食的旁边，竖着耳朵，警觉看护，不吃不喝，一动不动。看到外人经过场院，小孩子来捣乱，它就立刻扬起头，睁圆眼睛，瞪视前方，然后一阵狂吠，狂叫起来，凶巴巴的样子，十分威风。

老狗也做过蠢事，曾偷吃了一只下蛋的母鸡，伯母狠狠地打了它一顿。它真的记事了，以后再也不犯错了。闲养散放的公鸡母鸡吃食，晚上上枣树睡觉，老狗舔毛打滚晒太阳，各忙各的，相安无事，再也不会弄出狗咬鸡、鸡啄狗的过家家的事了。

后来，老狗病死了。收狗的馋狗肉的听到消息，纷至沓来，来家里好几趟，开出了大价钱。大伯心里一阵酸痛，哪有闲工夫理会，统统把他们轰出家门！对啊，亲人哪有吃的道理了！鸡啊鸭啊猪啊牛啊，大伯一家对它们有感情，但对老狗更有情感，全家人都把养了十多年的老狗当作了亲人。亲人入葬，有仪式，有规矩。老狗享受了这个待遇，按照亲人入土的仪式埋葬圆寂。老狗的坟茔，没有墓碑，只有土堆，几朵野花，在风中飞舞。

家人不会忘却，我不会忘却，在心里立了无字之碑。

狗是忠臣，能通人性，狗不嫌家贫。我至今深信不疑，以后也深信不疑。

千年慨歌陆放翁

一千年前的陆放翁，身后铁马冰河，眼前泪痕鲛绡，飘飘然，依稀见。落花不甘，空迎寂寞，却无奈；孤傲霜雪，相随悲怆，但无悔。有人看到了，他，立马横刀，指挥若定，意气风发；有人看到了，他，山阴沈园，佳人若隐，悲情浇愁。我苦苦追寻他的身影。倏忽一下，他不见了……

我徜徉于大宋国度，从一个角落里追到他的身影，傲骨，傲气，铮铮铁骨。我惊呆了，积贫积弱的大宋，虽民富庶、科技强盛，但国家实力弱，与周边少数民族政权只有妥协的份，姑且称作退让，分庭抗礼，未能完成统一大业。在这里，更多的仁人志士渴望身体力行实现山河一统。陆游便是其中的一位，而且是最出名的行者。

生亦死，死亦生。生之快乐，死之幸福，花开花落，潮来潮往，生生不息，不绝如缕。有一种绝笔叫死后重生，有一份遗嘱叫肝胆相照。

人之将死，其言也善。常人弥留之际，多半告诉子孙分割家财，或告诫子孙同心同行。然，陆游临终留下逆言，不见国土一统死不瞑目。

卧榻之处，风声入耳，遥听将士枕铁马挥兵戈，忽闻驱敌寇收失地定中原。是梦境，还是念想，还是痛苦的愁绪？陆游的心，不会死，坚如磐石，安如泰山。我听到了他的心跳声，呼吸声，嘱托声。"别让我抱恨终生，北定中原之日必是我重生之时。"他说给他的子孙听，说给那个高高在上坐在宝座上心里有鬼的皇帝听。

陆游一生坎坷，追求真善美。临终之际，回忆往昔，仰上无愧于天地，俯下无悔于百姓，了无牵挂，万事皆空，无枉活一世。我靠近他，倾听他的心跳。不是的，他心里有苦楚，欲言又止，心中有凄凉，悲之哀之。我轻声说："说吧，说出来，心里不再有苦滋味……"

我理解陆游的悲怆，理解陆游的遗憾。山河破碎，体无完肤，谁人不悲不痛不哀不怨？看一眼国之山河，我的心痛减一分。陆游已参透生死，八十五载生无所恋死无所畏，只因九州不同不一，而心有不甘，死不足惜。

大宋王朝的将士们，拜托了，平定中原，光复失地，全靠你们啦！王师激昂斗志定乾坤，一定能做到，陆游坚信不已。子孙后人听到胜利的凯歌，别忘了告诉，烧些纸钱告慰天堂上的"我"，了结一桩重大心事。

年迈体衰的陆游，爱国爱到骨子里，报国体现在行动中，至死不渝，化作一山一水，一草一木。

听吧，《示儿》二十八字间，字字血泪，忠愤之气，孤忠之性，素志可见，催人泪下，发人深省。这是何等的执着、深沉、热烈、真挚！这不是杜甫"一饭不忘"，宗泽"三呼渡河"，林景熙"青山一发愁蒙蒙，干戈况满天南东"吗？

我知道，陆游自幼就受到儒家思想熏陶，满腹经纶，具有强烈的忧患意识和济世精神，在传统文化的濡染和浸润中成长，在亲历动乱、江山支离、百姓颠沛中感悟。难怪他在《书渭桥事》奋笔疾书："虏暴中原，积六七十年，腥闻于天。王师一出，中原豪杰必将响应。"我的心为之沸腾，睹物伤怀，忧国之恨，宛然在目，思君忧国，不忘抗金，赤胆忠魂曲。

我知道，陆游学养深厚，贯通百家，"不是读书即欲死，任从人笑作书颠"，六十年间万首诗里流动着从容不迫，书写着舒卷自如。他一生致道，蓄道德而能文章，"惟天下有道者，乃得尽文章之妙"。

我知道，陆游家国至高，国家至上，重视民生疾苦，当地方官勤政事，廉奉公，劝农耕，促生产，安民心。他致力于抗金斗争，心系收复中原，虽频遇挫折，面对赵构无能，秦桧当道，屈膝求和，面对北方百姓横受金人奴役，南宋小朝廷偏安一隅，却不忘初心，矢志不移，披肝沥胆，砥砺前行！

悲壮之诗，沉痛之歌，当属陆游的绝音。鬼神可泣，黎民扼腕，推举陆游的爱国。光照千秋，日月同辉，陆游当之无愧，受之无悔。抗金大业未就，神圣事业必成，其忧国之患，体民之难，情亦真，直流露，大激昂，无雕琢。

他走了，没有同我诉一声苦楚，没有同我言一句苦涩。

眷恋，不朽，只徒留千年的凭吊。

听一听花生的心跳

唐代诗人郑愚写过"惟忧碧粉散,尝见绿花生",唐代诗人张祜也吟唱"杜鹃花发杜鹃叫,乌臼花生乌臼啼",全是托物言志,对花生的喜爱。还有一首名叫《花生》的诗:"众壳依根地底藏,浑如污吏暗攒房。时来那免连根拔,血汗到头终要偿。"

我怜爱花生,也忍不住写几句文绉绉的话,权当对花生的爱恋吧。把理想和美梦一起深埋,汲取大地的血脉和精华,隐忍一切的痛苦和绝望,耐住一起的孤寂和心酸,等待重见阳光和咀嚼岁月的胜利。是啊,你的粉身碎骨浑不怕,换来了要留清白在人间。

花生,老家叫长生果,长生不老之果。名医李时珍说:"花生悦脾和胃,润肺化痰,滋养补气,清咽止痒",生吃炒食水煮油炸煎服醋泡皆宜,可做成花生奶、花生糖、花生酱,花生糕。旧习俗里,女儿出嫁,父母都会在陪嫁的箱柜里,悄悄放上一些红枣和花生,寓意早生贵子,生男生女插"花"着生。

村里人种田有讲究,洼地种麦子、豆子、棒子,山坡上种花生、地瓜。洼地里的花生，秸棵高，枝叶密，易倒伏，需要蹲苗。山脊薄地，量多高产，适合生长，给村里人带来实惠。

"清明前后，种瓜种豆。"晒种的花生，享受着春日的阳光。晚上，带着余温的种子，轻轻摇起来，花生仁在壳里上下晃动，哗哗作响。花生种子入土，稻草人成了保护神。在鸟雀眼里，稻草人比蛇凶。稻草人服饰各异，有的戴着草帽子，布条和薄膜多做成长袖子，站立在地中央，随风来回摆动，嗖嗖飘，时而急缓，时而高低，手舞足蹈。鸟雀们观望张望，不敢靠近落地。

深耕，深翻，播种，墒情，清棵，蹲苗，施肥，追肥。花生在一道道工序下遵天循地般的成长。

村里的老人讲，小树要捆扎，小孩要教养。其实，花生也一样，不能任性生长，要苗矮节密，根粗土深。花生苗过早耗精费神，长势太猛，结的果实就少。拔苗助长不行，好高骛远也要不得，只有经风见雨，扎扎实实，才能苑苑花开千百朵，果实成团成球沉甸甸。

人生百味，花生千味。人有矫情的，有随遇而安的；花生不矫情，命很硬，遇到久旱不雨，叶子闭合，养精蓄锐，照样生长。人有招摇过市的，有深藏不露的；花生不做作，不作秀，低调简朴，不追求热闹。它的根有很多的根瘤，像积累了一生的幸福，等待主人连根拔起，获得二次生命的自由。它的花，娇小，含蓄，嫩黄，金黄，晶亮，像黄绢小扇，像黄色蝴蝶，像金色宝石，轻薄，活泼，璀璨。金黄色的星星点点，在万绿丛中格外耀眼，风情万种，别样风情。地上开花，地下结果，让花生与众不同，独辟蹊径。"蔓上开花，花吐成丝，而不能成荚。""花在不生荚，荚不带花。"花生之奇，就奇在打破陈规，就奇在独树一帜。

秋天，地里的花生书写诗意。绿油油的花生青苗，清风拂过，绿浪起伏，"唰啦啦"释放着喜悦。花生秧排成趟儿，搁地里让秋老虎狠狠地晒。幽静的山上、洼地，月光洒落下白花花的银子，凉风飘来一股股浓郁的清香。

远远望去，锄头一起一落，身子一仰一俯，花生抖掉坷垃，汗水砸进泥土。花生的清香味四周弥漫，翻新的泥土味处处裹挟。

像帽上坠满小铃铛的花生，躺在地板车上。村里人拉花生回家，喜悦的心情不言而喻。春种秋收，耕耘者有收获，能不高兴吗？

颗粒归仓，寸草归垛。场院，花生翻晒，白花花的一片。场院，薅完的花生棵一垅垅。

庄稼人收了花生，到集市、粮店卖，到油坊磨油，还要捡出籽粒饱满的留作花生种，还要留存走亲戚送的，最后才是自己吃的。

颗颗饱满，粒粒壮实。就像庄稼人，憨厚，善良，豪爽，纯朴，苦得苦，无怨言，心里甜。

听，花生睡着了。别打扰她，让她睡吧……

他是"人间一个最稀有的天才"

  他出生在一个举人之家,是清代顺治年间首任状元的第八世孙。他在名门望族、书香世家中接受了较为完整的私塾教育,年少时便已声名鹊起,有"黄河流域第一才子"之称。1913 年他考入北京大学预科班一类甲班就读,在北大就读期间接触了胡适、陈独秀等新思想。在"独立之精神,自由之思想"的影响下,在"德先生"(民主)与"赛先生"(科学)的西方思潮冲击下,1918 年他与好友罗家伦等人创办《新潮》月刊,提倡新文化。1919 年他成为北大学生领袖,领导和参与了家喻户晓的五四青年学生运动,后因受胡适思想影响,不久退出,回到书斋。他大学毕业旋即考取庚子赔款的官费留学生,负笈欧洲,先入英国爱丁堡大学,后转入伦敦大学研究院,研究学习实验心理学、生理学、数学、物理以及爱因斯坦的相对论、勃朗克的量子论等。后入柏林大学哲学院,学习比较语言学等。1926 年冬,他应中山大学之聘回国教书,不久就创办"语言历史研究所"。此后数年,他一直工作在学界,掌管过西南联大、北京大学,桃李满天下。他以史语所为基础,推动中国近代学术事业发展，培育一大批优秀人才。陈寅恪、赵元任等学贯中西的大学问家被他带到史语所搞研究工作。

他是抢救和整理明清档案第一人。他爱管"闲事"，嫉恶如仇，路见不平一声吼。当著名考古学家马衡大声疾呼"救救明清档案故纸堆"之时，他寝食难安，心急如焚，痛心疾首，老祖宗留下的宝贝岂能贱卖？清朝内阁大库的档案，命运多舛，从晚清国库房损坏搬出存放后，几经迁徙、几易主人，竟然出现了潮湿腐烂、鼠吃虫蛀的败象。更有败家子以经费缺乏为由，以大洋四千元的价格将此八千麻袋总计十五万斤的档案卖给造纸商拿去造纸。岂有此理，简直就是荒唐至极！他岂能坐视不管，任由他人胡作非为！他为之请命，奔走呼告，呈请中央研究院院长蔡元培做主，最终以一点八万元将这批几乎要进造纸厂的档案买下。抢救下这批十分珍贵的档案材料，他立下汗马功劳。他又带领历史学家钻入诏令、奏章、则例、移会、贺表、三法司案卷、实录、殿试卷等档案之中，拨云见日，整理档案。一次，他在北海静心斋对李济说："没有什么重要的发现。"李济却反问道："什么叫重要发现？难道说先生希望在这批档案内找出满清没有入关的证据吗？"他哈哈大笑。

他是中国近代科学考古史第一功臣。他有一句名言："上穷碧落下黄泉，动手动脚找东西。"他重视清档案的抢救整理和殷墟的发掘，目的都在于取得新材料，扩张新材料。19世纪末叶，安阳一带的农民在耕地时偶然发现了一些甲骨片，药材商人便当做龙骨来收购，引起学者的注意。刘鹗出版了《铁云藏龟》，王国维利用甲骨文研究商朝历史，写出《卜辞中所见殷先公先王考》和《殷周制度论》等名作。小屯殷墟出土甲骨出了名，但古董商、药材商蜂拥而至，以至于殷墟现场受到严重破坏。他再次奔走疾呼，呈请蔡元培批准，由史语所正式组织人员去小屯发掘。面对当地阻挠发掘或强制停止发掘，他疏通关系，争取开明人士的支持，办事果敢，使得发掘工作顺利推进，并取得丰硕成果。当时的参与者回忆说:"那时是殷墟第十三次发掘,是中国的考古工作在国际间最煊赫的时期。法国的东方学者伯希和先生表现出不断的惊讶和赞叹!"

他是爱生如子的第一人。他有句名言:"若有学生流血,我要跟你拼命!"他致信给学校领导,"爽性下一个决心",把"学生住处及其生活上相关之房子"这个问题,"在目前阶段上完全解决"。还要求即日着手觅地、设计、画图,将此信登入校刊,征求全校意见。他考虑得细致入微,在信中具体列出包括学生自行车存放棚,男女厕所须足用、清洁等详细的设施清单。但因没有满足学生盖游泳池的愿望,他解释"此事甚费钱,比一座大宿舍还贵得多,只好待将来。"他尤其对优秀学生、贫困学生体贴入微,设立多项奖学金,不让学生因贫失学。他看到一篇好文章,约作者面谈,极为激赏他的文才。但该生家境贫寒,又患深度近视。问他何以不戴眼镜,该生默然不答。他便托人从香港购买一副眼镜送给该生。他常到学生宿舍探视,查看学生的伙食。他与学生亲密无间,如同家人,甚至会被调皮的学生取笑。有一次,他路过生物实验室,看到学生正在观察草履虫,便说他在伦敦时也看过,有位学生开玩笑说他"吹牛"。他毫不介意,大笑而去。他去世后,学生们痛哭哀悼,发乎自然的真情。

他的国学功底非常深厚。上大学时,虽然只有十几岁,但俨然一位"国学小专家"。罗家伦回忆:"在当时的北大,有一位朱蓬仙教授,也是太炎弟子,可是所教的《文心雕龙》却非所长,在教室里不免出了好些错误……恰好有一位姓张的同学借到那部朱教授的讲义全稿。他一夜看完,摘出三十几条错误,由全班签名上书校长蔡先生,请求补救……到了适当的时候,这门功课重新调整了。"胡适当年刚进北大做教授,就发现有些学生比他的学问好。胡适刚到北大教授中国哲学史的时候,因为讲授方法和内容特别,在学生中引起不小的争议。他旁听了几次胡适的课,听完之后非常满意,于是他对哲学系几位要好的同学说:"这个人书虽然读得不多,但他走的这条路是对的。你们不能闹。"由于他在同学中的威信,年轻的胡适在北大讲坛站稳了脚跟。后来胡适感慨地说:"我这个二十几岁的留学生,在北京大学教书,面对着一班思想成熟的学生,没有引起风波;过了十几年以后才晓得他暗地里做了我的保护人。"

他是一个多面手,矛盾结合体。他既能做最细密的绣花针工夫,又有最大胆的大刀阔斧本领。他既是最能做学问的学者,又是最能办事、最有组织才干的天生领袖人物。他的情感是最有热力,往往带有爆炸性的,人称"傅大炮";同时,他又是最温柔、最富于理智、最有条理的一个可爱可亲的人。这都是人世最难得合并在一个人身上的才性、任性、人性。

他就是傅斯年,一位被他的老师胡适称之为"人间一个最稀有的天才"的傅斯年。

从周总理的家书里读懂人生

捧读家书，能感受到这种"温柔的庄重"，虽是家庭琐事、碎语闲言，却是其情切切、其意拳拳。见字如面，见信如晤，揣摩细读这些文字，仿佛能见写信者思索再三、落笔成篇，收信人灯下展卷、泪落沾襟。

1920年12月底，带着探求救国为民真理志向的周恩来总理来在法国巴黎小住后，于1921年1月抵达伦敦。在初步办妥爱丁堡大学入学手续后，随即以亲笔家书向国内父辈禀报。"烽火连三月，家书抵万金。"一封鸿雁，两行热泪，遥望国土，思念亲人，报一切安好，勿牵肠忧思。

在看到伦敦"交通复杂，人种萃集，举凡世界之大观，殆无不具备"的景象后，总理在信里这样写道："故居伦敦者，并不能周知伦敦，欲知伦敦，非专心致意于研究实验不为功，故伦敦为世界之缩影。在伦敦念书，非仅入课堂听讲而已，市中凡百现象固皆为所应研究之科目也。"

其实，总理在异国他乡吃的苦想都未能为想，受的罪听都不曾听。他有时仅用几片面包、一碟蔬菜充饥，有时啃干面包、喝白开水度日，有时根本吃不上饭就只能忍饥挨饿。他白天坚持做社会调查，晚上则常常通宵达旦地给天津《益世报》撰写旅欧通讯；有时还会去雷诺汽车厂打工贴补生活。多么有理想、有抱负、有志向的青年才俊啊，多么勤奋好学、知难而进、立志成才的旷世奇才啊。有这样的游子、革命家，实乃国之大幸，民之大福！

欧洲是马克思主义的诞生地，是马克思主义理论的故乡。而英国既是世界文明的缩影，更是当时典型的资本主义发达国家。总理历尽千辛万苦，不远万里，只身来到欧洲，不是游山玩水，不是经商理财，而是探求救国救民之真理，而是寻觅救国图强之道路。

总理边求学，边考察，边思索，左手拿着干面包在图书馆如饥似渴地阅读《1844年经济学—哲学手稿》《共产党员宣言》，右手拿着笔走进爱丁堡工厂刨根问底地了解工人疾苦、工人运动。他在大学读书苦专研，读有字之书，上有形大学；在社会考察细调研，看无字之书，上无形大学。他来此享受吗，镀金吗？非也。他在此进行实际的社会考察，再与俄英两国相比较，思索着中国的救国之路是实业救国，抑或教育救国，还是革命救国。

这封家书，让我想起了另一封家信。习近平总书记2001年10月15日写给习仲勋八十八周岁生日的拜寿信。当时他作为一省之长，实在是公务繁忙，难以脱身，于是抱愧地在家信中写道："爸爸是一个农民的儿子，热爱中国人民，热爱革命战友，热爱家乡父老，热爱您的父母、妻子、儿女。您自己博大的爱，影响着周围的人们。您像一头老黄牛，为中国人民默默地耕耘着。这也激励着我将毕生精力投入到为人民服务的事业中去。"家信并不长，辞藻也不华丽，但却饱含绵绵父子情和拳拳赤子心。这是一名老党员、革命家传给子女的精神财富，也是一个儿子传承父亲人格与品德，胸怀与作风，信仰与追求的坚定诺言。这样一种极仁爱、极友善、极温柔的文字，仿佛和风细雨，有着穿透人心、跨越时空的力量。

总理在加入中国共产党后，1922年3月写信给国内的同志："我们当信共产主义的原理和阶级革命与无产阶级专政两大原则……我认的主义一定是不变了，并且很坚决地要为他宣传奔走。"

信中还附了一首诗：《生别死离》——"壮烈的死，苟且的生。贪生怕死，何如重死轻生！没有耕耘，哪来收获？没播革命的种子，却盼共产花开！梦想赤色的旗儿飞扬，却不用血来染他，天下哪有这类便宜事？"一只鸿雁，寄托天下，志同道合，互勉互励。多少年来多少人曾以这样郑重的方式，让心与心靠近，让天涯若比邻。"江水三千里，家书十五行。行行无别语，只道早还乡。"总理何尝不想早点还乡见亲人、见战友，但只因穷究真理未成，与敌斗争难胜，只好推迟作罢。

这让我猛然间记起了，总理1922年—1924年曾经居住的法国巴黎戈德弗鲁瓦街一家不起眼的小旅馆。这"海王星"旅馆是一座只有三层楼的老房子，外表简朴，乳白色的墙壁，洁白的窗框。这间著名的"斗室"，一书桌，一衣橱，一张单人床，最简最陋，透出几分老旧气息。一个不大的用旧了的藤衣箱，一件灰色的旧呢大衣，一条围巾，就是他当时的全部家当。深夜静悄悄，大地酣睡，孤光灯影，房间里淡黄色的灯光映出他伏案奋笔疾书的身影。

谁曾想：这个不到十平方米狭小的空间，是总理和他的战友为革命事业同舟共济、同心同德、共同奋战的战场，是他们创办编辑印刷"少共"刊物，意气风发，激扬文字，指点江山的疆场，是他们一起打地铺，朝夕相处，患难与共，结下深厚革命友情的根据地。

谁曾想：总理所住的小屋，当年风光无限，竟是旅欧中国少年共产党的"党部"，是曾经走出开国总理周恩来、改革开放总设计师邓小平、经济大管家李富春、诗人元帅陈毅、开国元勋聂荣臻、妇女界大姐蔡畅等无产阶级革命家的摇篮。

从此，中国多了一位革命家，多了一位人民公仆。他从家乡淮安走来，又从留学之地欧洲走出……

红色基因的力量

"今天是八月中秋，日近黄昏，月已东升，坐在一排石窑洞中的我，正好修写家书寄远人。今年此地年成不好，夏旱秋涝，直至前天还是阴雨连绵，昨天突然放晴，今天有了好月亮看，但是人民苦了，只能望收到二成左右。河东来电，亦说是淫雨不止，不知你们那里的情形怎样？"……

如果有人问你，前面这段文字出于何人之手？想必，聪明的你或许以为是哪个散文大家、文章高手。真的，文字凝练，语言优美，用典精准，如切如磋，如琢如磨，好似一幅流动的风景画，好似一段宁静的圆舞曲。

当我告诉你作者是开国总理之时，你是不是目瞪口呆，暗暗佩服？怎能想象到周恩来总理文光五采朝吐吞，行云流水作华章。

老一辈无产阶级革命家中有毛泽东主席、朱德元帅、陈毅元帅、叶剑英元帅等不少诗人，他们的作品脍炙人口，广泛流传。鲜为人知的是我们敬爱的总理，其实也是一位文学功底深厚的大诗人。

我查阅党史资料方才知道，他早年有感而发，作过一些诗歌，后因国事繁忙，就很少再写。总理最著名的诗——《无题》作于1917年夏东渡日本之时，曾入选过高中语文课本，当时学生们无不将之当成励志书、座右铭。"大江歌罢掉头东，邃密群科济世穷。面壁十年图破壁，难酬蹈海亦英雄。"我小时候最爱听的是十二岁的总理"为中华之崛起而读书"的故事。《无题》这首诗，那时印在我们大学作业本的封皮上。最初不知道作者是谁，当知晓后，便感慨道，原来总理的诗有堪比稼轩的豪迈与大气。我们在历史课本上曾学过："千古奇冤，江南一叶。同室操戈，相煎何急？"这是总理的四言诗，发表于1941年1月18日重庆《新华日报》，表达了中国共产党对"皖南事变"的严重抗议。

原来，总理的家庭是一个地地道道的书香门第，从他的宋代始祖周敦颐到迁到绍兴的一代始祖周茂等都是我国历史上有名的读书人。受到中华传统文化熏陶的他，很小就养成了爱读书的好习惯。1946年9月，他接受美国当时著名作家沃尔特·李勃曼采访时说："我小时候在私塾念书。从八岁到十岁我已开始读小说。我读的第一部小说是《西游记》，后来又读了《镜花缘》《水浒传》和《红楼梦》。"书读得早，书读得多，腹有诗书气自华，便写得好诗词，说得好口才，做得大文章。

本文开头那段文字是1947年9月29日总理写给邓颖超的信的一节。书信的章节还有："假使你正在作农村访问，那你一定是忙着和农家姑嫂姊妹谈心拉话；假使你正在准备下乡的材料，那你或有可能与中工委一起过一个农村秋节……这次分开，反显得比抗战头两年的分开大有不同。不仅因为我们都大了十岁，主要是因为我们在为人民服务上得到了更真切的安慰……再多在农民中锻炼半年，我想，不仅你的思想、感情、生活会起更大的变化，就连你的身体想会更结实而年轻。农民的健美，不仅是外形，而且还有那纯朴的内心，这是一面。另一面，便是坚强、坚定的意志，勇敢的行为，这在被压迫的群众中，更是数见不鲜。你从他们中间自会学习很多,只要不太劳累。我想半年的熏陶,当准备刮目相看。"……家书寄托胸臆,传递人生智慧;家书娓娓道来,化育人格魅力。这是人间最深沉的大爱!

这封信的历史背景是这样的。1947年3月18日,在国民党集结重兵意图大规模进犯陕甘宁边区的形势下,党中央做出主动撤出延安的战略决策。毛泽东主席、总理、任弼时仍在陕甘宁边区领导全国的解放战争,刘少奇、朱德赶赴西柏坡领导全国土地改革和根据地建设。按照1947年3月底召开的枣林沟会议的部署,成立了中共中央工作委员会,即总理在信中简称的"中工委"。写这封信时,总理在陕甘宁边区,邓颖超在河北省平山县三交镇双塔村附近农村参加土地改革复查工作。两人相隔千里,虽工作地点不同,工作任务不同,但都在为革命贡献着自己的力量。

"独在异乡为异客,每逢佳节倍思亲。"中秋佳节,自古便有祭月、赏月、拜月、吃月饼、赏桂花、饮桂花酒等习俗,以月之圆兆人之团圆,寄托思故乡、念亲人之情,祈丰收、盼幸福。月圆之日未团圆,望月怀人诉衷肠。

总理有感而发,写下了这封文笔优雅、情意绵绵的家书。在倾诉思念之情、相思之意的同时,他不忘鼓励妻子在为人民服务的社会实践中历练成长、砥砺前行,不忘鼓励妻子学习农民身上健美、淳朴、坚强、勇敢的优良品质。

你侬我侬式的小情小爱,只能在家里;公而忘私式大情大爱,可以在社会、在国家。革命者的浪漫不是狭隘的小情小爱,而是融入到对党、对国家、对人民的无私大爱之中。那浓得化不开的真情,充满澎湃激情,充满浩然正气,对爱妻的深情,对人民的真情,两相交融,相互辉映,撼人魂魄,令人感奋,催人奋进。

总理和邓颖超是一对有着特殊婚恋观和世界观、人生观、价值观的职业革命家。这让我联想到还有一些革命伉俪的伟大爱情：马克思与燕妮、毛泽东与杨开慧、邓小平与卓琳、李富春与蔡畅……他们都是为革命、为真理、为民族、为国家、为人民，他们都是放弃了卿卿我我，放弃了耳鬓厮磨，他们的爱情是崇高伟大的，他们的婚姻是"幸福美满"的。

那只言片语的家书，温暖神州大地的家信，让我们重温总理的往事，重温总理的风采，感受着家庭、家教、家风的力量，体悟着总理给我们留下的红色基因、精神价值、信仰力量。